[爱读书 读好书 善读书]

『三读』丛书

中共浙江省委宣传部　编

开卷有益

宋韵文化之建筑

浙江人民出版社

出版说明

习近平总书记强调:“在新时代坚持和发展中国特色社会主义,要求全党来一个大学习。”党的十九大提出了建设马克思主义学习型政党,推动建设学习大国的重要战略任务。根据“领导干部要爱读书读好书善读书”的要求,我们组织专家学者编撰《“三读”丛书·开卷有益》,作为各级党员领导干部提高理论修养、陶冶情操、增强人文底蕴的“口袋读本”。

宋韵文化是中华优秀传统文化的重要组成部分,是具有中国气派和浙江辨识度的重要文化标识。本丛书从制度、经济、思想、文学艺术、教育、科技、建筑和百姓生活八个方面,分为概述、名篇、解读、风物四大板块,通过解码宋韵文化,助力打造浙江历史文化金名片。

编　者

2021年12月

目录

概述

名篇

解读

风物

爱读书
读好书
善读书

概述

■宋韵文化之建筑概述

宋韵文化之建筑概述

宋代的建筑师、木匠、技工、工程师、斗栱体系、建筑构造与造型技术达到了新的高度，在城市规划、城市建筑、宫殿建筑、礼制建筑以及园林、桥梁等建筑方面均有突破性发展，形成了特有的建筑流派和风格特征，宋代建筑具有很高的艺术和科学价值。宋代建筑是宋代文化的重要组成部分，是我国乃至世界建筑史上一颗璀璨的明珠。

北宋的都城是开封，简称“汴”，古称汴州、汴梁、汴京。先后有夏朝，战国时期的魏国，五代时期的后梁、后晋、后汉、后周，宋朝，金朝等在此定都，素有八朝古都之称，孕育了上承汉唐、下启明清、影响深远的“宋文化”。960年，后周殿前都点检赵匡胤在开封城北40里的陈桥驿（现属新乡市封丘县）发动“陈桥兵变”，建立了北宋，历经9帝168年。北宋是开封历史上最为辉煌耀眼的时期。这时的开封经济繁荣，富甲天下，人口过百万，风景旖旎，城郭气势恢宏，不仅是全国政治、经济、文化的中心，也是当时世界上最繁华的大都市之一。史书更以“八荒争辏，万国咸通”来描述开封。北宋画家张择端的作品《清明上河图》，描绘了清明时节北宋京城汴梁及汴河两岸繁华热闹的景象和优美的自然风光。中国的对外交通已由汉唐以来的丝绸之路转向东南沿海的海路，火药、印刷术等中国的发明由此传向世界各地，开封以其泱泱大国首都的气象，跃居为那个时期世界上最为繁华的著名都城。

南宋的都城临安(今浙江杭州)。从1138年宋高宗正式驻跸临安，直至1276年蒙元灭宋，共历138年。魏晋时期，北方战乱频频。虽然南方的开发不太完善，但相对稳定。晋代衣冠南渡，北方人民大量南迁，给南方带来大量的劳动力及先进的生产技术，再加上六朝在江南数百载的经营，江南得到了全面开发。隋朝统一中国后，统治者废除钱塘郡，建制杭州，州治为余杭县。唐代时，杭州隶属于江南东道与浙江西道，出现了“骈樯二十里，开肆三万室”的盛况。到了五代吴越时期，临安的发展则更进一步。钱镠定建立吴越国，成为吴越国主。五六十年间，吴越国偏安一隅，因江浙一带少有战乱，经济得到稳定发展，才有了“钱塘富庶，由是盛于东南”之说。北宋时期，杭州发展更为迅猛。柳永词中称钱塘“参差十万人家”。这时，杭州始被称为“东南第一州”。南宋王朝定都临安后，临安自然一跃成为当时第一大城市，人口已达120万，手工业、商业等都极为发达。而且，临安凭借地理优势、经济辐射能力和大运河之利，维持了江南自隋唐以降的富庶局面。

当时的临安不但是全国政治中心，也是全国经济中心和文化中心。南宋统治者对临安城的建设倾注了大量心血，并倾全国之人力、物力、财力加以精心营造，将城市功能进一步升级调整为行宫都城，并从整体上进行了细致规划。经过南宋诸帝持续的扩建和改建，南宋皇城布满了金碧辉煌、巍峨壮丽的宫殿。政治方面，按照封建都城的规格，建立宫廷区及中央行政区，增辟宗庙、郊坛及城防等区域。宫廷区的总体布局基本遵循“前朝后寝”之制，其他各区按各自功能结合地形配置在周围。经济方面，经济的发展改变了城市规制，坊巷制代替里坊制，宫廷、行政、商业、仓库、码头、手工业、文教、居住、城防和风景园林等布局井然有序。都城布局“南宫北市”，即以皇城为中心，太庙、三省六部等中央官署集中于城市南部，市集集中于城市北部，在钱塘江和西湖之间形成了腰鼓状的城市形态，为城市发展留出足够空间。

据时人记载，临安有414行，每行有数十户至上百户。这比宋敏求《长安志》卷八所载唐代长安“市内货财二百二十行”，足足增加了近一倍。南宋时期的商业建筑从“市坊”中解放出来并占据了城市的大街小巷，商业店铺的面貌更加丰富多彩。从功能安排看，既有仅仅满足单一商业交换职能的，也有与“作坊”结合的；从空间安排看，既有直接面向街巷的，也有带院落及花园的；从外观形式上看，既有单层的，也有两层、三层的。这些建筑不仅形式多样，而且特别重视装饰，或于立面缚彩楼、欢门，或挂招牌、幌子，还有的在门前设红色杈子、绯绿帘子、金红纱栀子灯等，形成了中国商业建筑的独特风貌。经过100多年的精心营建，杭州已发展成为百万人口以上的大城市，成为当时亚洲各国经济文化的交流中心，城市规模已名列十二三世纪时世界的首位。当时的杭州被意大利著名旅行家马可·波罗称赞为“世界上最美丽华贵之天城”。

除都城外，宋代众多的商业城市和海外贸易城市也发展起来,出现了洛阳、建康(今江苏南京)、苏州、镇江、扬州、成都、鄂州(今湖北武汉武昌)、广州、泉州、明州(今浙江宁波)等50多个10万户以上的全国性著名商业大都市,比唐代多了40个左右。总之,与前代相比,宋代城市文明在许多方面达到了很高的发展水平。从中国古代城市化的整个历史发展进程来看,宋代无疑是一个重要的转折时期。

宋代宫殿代表了当时建筑的最高水平。南宋皇宫的正门为丽正门,丽正门装饰华丽,门为朱红色,缀以金钉,屋顶为铜瓦,镌镂龙凤天马图案。丽正门的城楼,是皇帝举行大赦的地方。宫中正殿为大庆殿,又名崇政殿,是举行大典、大朝会之所。大庆殿东西两侧设朵殿,是皇帝举行仪式前休息之所,后改为延和殿,供皇帝便坐视事,即为便殿。垂拱殿是皇帝处理日常政务、召见大臣的地方。紫宸殿是给皇帝祝寿的场所。集英殿则是策试进士的地方。内朝宫殿有十余座。勤政殿、福宁殿是皇帝的寝殿。慈宁殿、慈明殿是皇太后起居的殿宇,仁明殿、慈元殿等数座宫殿为皇后、嫔妃所居。太子的东宫为了节省,没有另外修筑,而是和帝、后的宫室连为一片。

内朝除宫殿外,堂、阁、斋、楼、台、轩、观、亭,星罗棋布。南宋的特点是，帝王居处的奢华不表现在宫殿上，而多表现在苑囿上。南宋朝廷借助于临安的山灵水秀，建造了大量供帝、后闲适生活的场所。后宫及后苑的堂有30多座，如观赏牡丹的钟美堂，观赏海棠的灿美堂，四周环水的澄碧堂，玛瑙石砌成的会景堂，四周遍植古松的翠寒堂。楼有博雅书楼，观德、万景、清暑等楼。阁有20多座，其中有源自北宋的龙图、宝文、天章等阁。轩有晚清轩。观有云涛观。台有钦天、舒啸等台。亭有80座，其中赏梅的有春信亭、香玉亭；桃花丛中有锦浪亭；竹林中有凌寒、此君亭；海棠花旁有照妆亭；梨花掩映下有缀琼亭；水旁有垂纶亭、鱼乐亭、喷雪亭、流芳亭、泛羽亭；山顶有凌穹亭。后苑有各成一景的小园，其中有梅花千树组成的梅冈，有杏坞，有小桃园，等等。禁中还仿照杭州名胜西湖和飞来峰，建造了大龙池和万岁山。南宋的宫殿，同样倾注了统治者大量的心血。经过诸帝100多年的持续扩建和改建，至南宋末年，凤凰山周围9里之内，布满了大大小小的宫殿。据后人统计，总计有大殿30座、堂33座、斋4座、楼7座、阁20座、台6座、轩1座、观1座、亭19座等。除南宫外，还有号称北宫的德寿宫。可以说，此时的宫廷规模，从数量上说可与北宋都城东京相埒。其建造同样精巧雅致。《马可·波罗行记》便载：现在让我们看看王所住的一处最美丽的宫殿，其先人留下了周围十里的大片土地，四周围以高墙，并将此片土地分成三部分。中间部分，从大门一进去两旁各有一楼阁，极尽雕梁画栋、金碧辉煌之能事。起首一栋最为宽敞，亦最称奢华，梁柱皆加以金饰，藻井亦饰以金片：四周壁上精美的壁画描述先王的丰功伟绩……绚烂耀目，使人疑似此身不复在人间。

此外，南宋还有许多独立于宫城的皇家苑囿，如聚景园、玉津园、富景园、屏山园、玉壶园、琼华园、小隐园、集芳园、延祥园等。南宋的御园较北宋晚期数量更多。南宋偏安的100多年中，各朝帝后游玩、享乐，极尽荣华富贵，过着人间仙境般的奢靡生活。

由于经济繁荣，社会相对和谐，在充分吸取吴越和北宋园林艺术的基础上，南宋园林获得了长足的进步，某些著名园林建筑水平之高，即使在明清二代也难望其项背。南宋园林遍布全国各大城镇，尤其都城临安，更是园林的集中地，如果将这里的皇家、官署、寺院、士大夫和一般市民之家大小不等的园林都统计在内，有数百个之多，其中著名的就有七八十个，它们不仅秀丽幽静，构思巧妙，而且大都筑有凉亭画阁、高台危榭、小桥回廊，并多借西湖山水以相映成趣。至于其他地区的园林建筑，也多有可观。

中国古典园林是我国古典文化的重要组成部分，到了两宋时期文人们更是把园林视为寄托情感的精神场所，他们把自己的生活经验和对内心世界的洞察融入园林的艺术创作中，使两宋园林具有浓厚的文学色彩和强烈的美学意蕴。宋代是中国古典园林创造的成熟期。以北宋东京为例，有关文献所登录的私家、皇家园林名字就有150余个，由此可见宋代园林建筑之盛。宋代的皇家园林和私家园林不仅数量超过前代，而且艺术风格更加细致、清新，诗情画意更为浓郁，意境创造更加自觉。南宋园林艺术总的特点是，效法自然而又高于自然。寓情于景，情景交融，极富诗情画意，形成人们所说的写意山水园。利用原有的自然美景，逢石留景，见树当荫，依山就势，按坡筑庭等因地制宜地造园。如为了创造美好的园林意境，造园中很注意引注泉流，或为池沼，或为挂天飞瀑。临水又置以亭、榭等，注意划分景区和空间，在大范围内组织小庭院，并力求建筑的造型、大小、层次、虚实、色彩与石态、山形、树种、水体等配合默契，融为一体，具有曲折、得宜、描景、变化等特点，构成园林空间犹如立体画的艺术效果。西湖十景之一的柳浪闻莺，原是南宋聚景园。南宋高宗、孝宗曾在西湖景区内造御花园多处，而以聚景园最为宏丽。据传说和记载，该园由会芳、瀛春、瑶萍、寒碧等亭台轩榭楼阁组成。最富诗情画意的“西湖十景”——苏堤春晓、柳浪闻莺、花港观鱼、曲院风荷、平湖秋月、断桥残雪、雷峰夕照、南屏晚钟、双峰插云、三潭印月等闻名中外的景点，从南宋流传至今，使西湖形成具有诗情画意、自然山水园林美的传统风格。

桥梁建筑也是宋代的主要建筑类型之一，这在南宋都城临安体现得最为突出。由于杭州城内外水系发达，河道众多，因此建有大量的桥梁，桥梁便成为都城临安交通的重要特色之一。《马可·波罗行纪》载，临安“城中有大小桥梁一万二千座”，也许有夸大之嫌，但可以肯定，南宋临安城内桥梁之多为中国历代都城中之最。其建造技术亦在当时世界上首屈一指，如始建于皇祐五年（1053）、完成于嘉祐四年（1059）、坐落于福建泉州洛阳江入海口的洛阳桥（又称万安桥），首创种蛎固基的技术，即在桥基和桥墩上养殖牡蛎，利用牡蛎石灰质贝壳附于石间繁殖的特性，使桥基与桥墩结成坚固的整体；还有“浮运架梁”技术，即利用潮水涨落，将二三十吨的大石块架上桥梁，开创了世界桥梁史上“浮运架梁”的先例；又沿桥位纵轴线抛石几万立方米，提升江底标高3米以上，在垫高的江底上建筑桥基，这是现代桥梁“筏形基础”的先驱。

除上述的几类建筑外，这一时期的佛塔、墓葬等砖石建筑也达到了极高的水平。浙江杭州灵隐寺塔、河南开封繁塔、河北赵县的永通桥及河南巩县宋陵、白沙宋墓等均是宋代砖石建筑的典范。山西省太原市晋祠内的正殿及鱼沼飞梁，河北古城正定的隆兴寺，等等，都是现存宋代建筑中的杰出代表。1933年，著名古建筑学家梁思成先生到正定调查古建筑，考察了隆兴寺后大加赞赏，他说：“这种布局，我们平时除去北平故宫紫禁城角楼外，只在宋画里见过，那种画意的潇洒，古劲的庄严，的确令人有一种不可言喻的感觉，尤其是在立体布局的观点上，这摩尼殿重叠雄伟，可以算是艺臻极品，而在中国建筑物里也是别开生面。”

李诫（1035—1110），北宋著名建筑学家，字明仲，郑州管城县（今河南新郑）人。李诫一生著作颇多，但均已散佚失传，只有他奉旨编修的《营造法式》是唯一传世之作。《营造法式》是中国古代最完善的土木建筑工程著作之一，也是世界上最早、最完备的建筑学著作。《营造法式》全书有“总释”二卷、“制度”十三卷、“功限”十卷、“料例”三卷、“图样”六卷、“目录”和“看详”（补遗卷）各一卷，共计三十六卷，此外前有“劄子”和“序”。这部中国古籍中最完整、最具有理论体系的建筑设计学经典，融人文与技术为一体，标志着我国古代建筑技术已经发展到了一个新的水平。南宋以来，不少设计精巧、造型别致、风格古朴的古建筑或者根据《营造法式》规程营建，或者在它的基础上演化，无不受其影响。李诫这部《营造法式》的编修上承隋唐，下启明清，对研究中国古代土木建筑工程和科学技术的发展，具有重要意义。

宋代的建筑处于中国古代建筑的成熟阶段，其建筑艺术和技术对海内外都产生很大的影响。据记载，贯穿南北宋的金（女真族）在灭了辽和北宋之后也尊“汉法”。在建筑上，所用工匠多为汉人，其建筑形式，特别是在细部及装修上造型柔丽、纤巧，明显受宋影响。元代在宫殿布局、街市设置等方面也多有宋型特点。《营造法式》在南宋和元代均被重刊，明代还被用于当时的建筑工程，可称之为中国古代建筑行业的权威性巨著。

爱读书
读好书
善读书

名篇

- 待漏院记
- 晋祠
- 双庙
- 梵天寺木塔
- 黄州快哉亭记
- 书洛阳名园记后
- 稼轩记
- 诉衷情·建康
- 念奴娇·登多景楼
- 收灯，都人出城探春
- 东京大内

待漏院记*

■〔宋〕王禹偁

天道不言，而品物亨、岁功成者，何谓也？四时之吏，五行之佐，宣其气矣。圣人不言，而百姓亲、万邦宁者，何谓也？三公论道，六卿分职，张其教矣。是知君逸于上，臣劳于下，法乎天也。古之善相天下者，自咎、夔至房、魏，可数也。是不独有其德，亦皆务于勤尔。况夙兴夜寐，以事一人，卿大夫犹然，况宰相乎！

朝廷自国初因旧制，设宰臣待漏院于丹凤门之右，示勤政也。至若北阙向曙，东方未明，相君启行，煌煌火城。相君至止，哕哕銮声。金门未辟，玉漏犹滴。彻盖下车，于焉以息。

待漏之际，相君其有思乎？其或兆民未安，思所

---

*选自王禹偁著，王延梯选注：《王禹偁诗文选》，人民文学出版社1966年版，第209页。

泰之；四夷未附，思所来之；兵革未息，何以弭之；田畴多芜，何以辟之；贤人在野，我将进之；佞臣立朝，我将斥之；六气不和，灾眚荐至，愿避位以禳之；五刑未措，欺诈日生，请修德以厘之。忧心忡忡，待旦而入。九门既启，四聪甚迩。相君言焉，时君纳焉。皇风于是乎清夷，苍生以之而富庶。若然，总百官，食万钱，非幸也，宜也。

其或私仇未复，思所逐之；旧恩未报，思所荣之；子女玉帛，何以致之；车马器玩，何以取之；奸人附势，我将陟之；直士抗言，我将黜之；三时告灾，上有忧色，搆巧词以悦之；群吏弄法，君闻怨言，进谄容以媚之。私心慆慆，假寐而坐。九门既开，重瞳屡回。相君言焉，时君惑焉。政柄于是乎隳哉，帝位以之而危矣！若然，则死下狱，投远方，非不幸也，亦宜也。

是知一国之政，万人之命，悬于宰相，可不慎欤！复有无毁无誉，旋进旋退，窃位而苟禄，备员而全身者，亦无所取焉！

棘寺小吏王某为文，请志院壁，用规于执政者。

【作者简介】

王禹偁(954—1001),字元之,济州巨野(今山东菏泽巨野)人。北宋诗人、散文家,宋初有名的直臣,北宋诗文革新运动的先驱。文学作品多反映社会现实,风格清新平易。著有《小畜集》30卷、《五代史阙文》。

【内容简介】

《待漏院记》是王禹偁为世人传诵的政论性篇章之一。从题目类型看,这属于“厅壁记”,但作者没有像其他写堂、庙、亭、院记文的作者那样,对建筑环境、建造过程、建造者以及建造因由等方面加以记述,而是从一开始便抓住待漏院的职能特点,抓住待漏院中人物的思想意绪等加以评论。与其说这是一篇“记”,不如说这是一篇“论”更为准确。作者紧紧把握住宰相待漏时片刻间的思想活动,着力渲染,热情歌颂了公忠体国的宰相,对祸国殃民的奸相和无所作为的“窃位而苟禄”者,进行了有力的鞭挞,表达了强烈的忧国忧民意识。

晋　祠*

■〔宋〕欧阳修

古城南出十里间，鸣渠夹路何潺潺。
行人望祠下马谒，退即祠下窥水源。
地灵草木得余润，郁郁古柏含苍烟。
并儿自古事豪侠，战争五代几百年。

天开地辟真主出，犹须再驾方凯旋。
顽民尽迁高垒削，秋草自绿埋空垣。
并人昔游晋水上，清镜照耀涵朱颜。
晋水今入并州里，稻花漠漠浇平田。

废兴仿佛无旧老，气象寂寞余山川。
惟存祖宗圣功业，干戈象舞被管弦。

---

*选自张景星、姚培谦、王永祺编选：《宋诗别裁集》，上海古籍出版社1978年版，第25页。

我来览登为叹息，暂照白发临清泉。
鸟啼人去庙门阖，还有山月来娟娟。

【作者简介】

欧阳修(1007—1072)，字永叔，号醉翁，晚号六一居士，谥号“文忠”，故世称欧阳文忠公。吉州吉水(今江西吉安永丰)人。北宋政治家、文学家。官至翰林学士、枢密副使、参知政事。宋代文学史上最早开创一代文风的文坛领袖，“唐宋八大家”之一，与韩愈、柳宗元、苏轼被后人合称“千古文章四大家”。有《欧阳文忠公文集》传世。

【内容简介】

庆历四年(1044)，欧阳修受宋仁宗委派前往西北边境麟州考察军务，顺便监察河东吏治，其间到访晋祠，有感于晋阳古城的历史变迁，遂借此圣地直抒胸臆，有了《晋祠》一诗传世。

欧阳修在该诗开篇以寥寥数语概括出了晋阳城与晋祠的地理位置关系，此后便叙述了当时目睹的景象，从中引出晋阳城的风雨历史。他联想到宋太祖赵匡胤和宋太宗赵光义攻克晋阳城不易，感叹战争对晋阳城的破坏,从而想到即将与西夏发生的战争,所以郁郁寡欢,不想看到大宋与外部开战。

欧阳修触景生情,看到经过水淹、火烧后的晋阳城已经失去昔日的光辉,从旧唐的北都到如今的生机尽无,剩下的唯有寂寞山川和颓废气象。这兴衰之间,历史仿佛重新翻过一页。

双　庙*

■〔宋〕王安石

两公天下骏，无地与腾骧。
就死得处所，至今犹耿光。
中原擅兵革，昔日起侯王。
此独身如在，谁令国不亡。
北风吹树急，西日照窗凉。
志士千年泪，泠然落奠觞。

【作者简介】

王安石（1021—1086），字介甫，号半山。抚州临川（今江西抚州）人。北宋政治家、文学家、思想家。潜心研究经学，著书立说，创“荆公新学”。在文学上具有突出成就，散文雄健峭拔，为“唐宋八大家”之

---

* 选自王安石：《王文公文集》（下），上海人民出版社1974年版，第818页。

一。诗歌遒劲清新。词虽不多,但是风格高峻。有《临川集》等著作存世。

【内容简介】

这是王安石题写张巡、许远两人祠庙的排律。张巡和许远是唐代名将,安史之乱间,安庆绪遣大兵南下,欲吞并江淮,张、许二人率军死守河南睢阳,其惨烈程度,一般人难以想象。在这首诗里,王安石既曲尽了张巡死守睢阳的详情,又谨慎而精准地下褒贬,指出其中更重要的问题:张巡浴血奋战,是为了保全江淮,而江淮兵将却不来救援。

"志士千年泪,泠然落奠觞",带出了王安石的悲凉与愤慨。全诗起得哀痛,结得悲壮,情感非常激烈,但又曲折达意。

梵天寺木塔*

■〔宋〕沈　括

钱氏据两浙时，于杭州梵天寺建一木塔，方两三级，钱帅登之，患其塔动。匠师云："未布瓦，上轻，故如此。"乃以瓦布之，而动如初。无可奈何，密使其妻见喻皓之妻，贻以金钗，问塔动之因。皓笑曰："此易耳，但逐层布板讫，便实钉之，则不动矣。"匠师如其言，塔遂定。盖钉板上下弥束，六幕相联如胠箧，人履其板，六幕相持，自不能动。人皆伏其精练。

【作者简介】

沈括(1031—1095)，字存中，号梦溪丈人，杭州钱塘(今浙江杭州)人，北宋科学家。一生致力于科学研究，在众多学科领域都有很深的造诣和卓越的

---

*选自《梦溪笔谈》注释组注：《梦溪笔谈选注》，上海古籍出版社1978年版，第159页。

成就。代表作《梦溪笔谈》，集前代科学成就之大成，在世界文化史上有着重要的地位。另著有《良方》《天下州县图》等。

【内容简介】

塔是我国古代的一种高层建筑。本文记叙了北宋著名建筑家喻皓用"布板""实钉"来加强结构整体性，解决木塔不稳定的问题。这说明早在一千多年前，我国在建筑理论和技术方面已经达到相当高的水平。木塔始建于916年，964年重建。此处所述为重建时的木塔。

黄州快哉亭记*

■〔宋〕苏　辙

江出西陵，始得平地，其流奔放肆大；南合湘、沅，北合汉沔，其势益张；至于赤壁之下，波流浸灌，与海相若。清河张君梦得谪居齐安，即其庐之西南为亭，以览观江流之胜，而余兄子瞻名之曰“快哉”。

盖亭之所见，南北百里，东西一舍，涛澜汹涌，风云开阖；昼则舟楫出没于其前，夜则鱼龙悲啸于其下；变化倏忽，动心骇目，不可久视。今乃得玩之几席之上，举目而足。西望武昌诸山，冈陵起伏，草木行列，烟消日出，渔夫、樵父之舍，皆可指数，此其所以为“快哉”者也。至于长洲之滨，故城之墟，曹孟德、孙仲谋之所睥睨，周瑜、陆逊之所骋骛，其流风遗迹，亦足以称快世俗。

---

* 选自吴楚材、吴调侯选注，施适校点：《古文观止》，上海古籍出版社2016年版，第471—473页。

昔楚襄王从宋玉、景差于兰台之宫，有风飒然至者，王披襟当之，曰："快哉此风！寡人所与庶人共者耶？"宋玉曰："此独大王之雄风耳，庶人安得共之！"玉之言盖有讽焉。夫风无雌雄之异，而人有遇不遇之变。楚王之所以为乐，与庶人之所以为忧，此则人之变也，而风何与焉？士生于世，使其中不自得，将何往而非病？使其中坦然，不以物伤性，将何适而非快？今张君不以谪为患，收会稽之馀，而自放山水之间，此其中宜有以过人者。将蓬户瓮牖，无所不快，而况乎濯长江之清流，挹西山之白云，穷耳目之胜以自适也哉！不然，连山绝壑，长林古木，振之以清风，照之以明月，此皆骚人思士之所以悲伤憔悴而不能胜者，乌睹其为快也！

【作者简介】

苏辙（1039—1112），字子由，号颍滨遗老。眉州眉山（今属四川）人。北宋时期文学家，"唐宋八大家"之一。与父亲苏洵、兄长苏轼齐名，合称"三苏"。其生平学问深受父兄影响，以散文著称，擅长政论和史论。著有《栾城集》等。

【内容简介】

元丰二年(1079),苏轼因“乌台诗案”被贬黄州。苏辙上书营救苏轼,因而获罪被贬为监筠州(今江西高安)盐酒税。元丰六年,与苏轼同谪居黄州的张梦得,为“览观江流之胜”,在住所西南建造了一座亭子,苏轼为其取名为“快哉亭”,苏辙则为它作记以志纪念。

本文的文体是“记”,特点是因亭景而生意,借亭名而发论,结构严谨,条理清晰。文章在开头交代快哉亭的地理位置、命名由来,并为后文安排伏笔。第二段着力描写快哉亭附近足以令人快意的景物。第三段就“快哉”二字的来历发表议论,说明人生之快,既不在身边景物的优劣,也不在遇与不遇的不同,既赞扬了张梦得,也抒发了自己不以贬谪为怀、随遇而安的思想感情,使一篇写景文章有了更深刻的意义。

书洛阳名园记后*

■〔宋〕李格非

洛阳处天下之中，挟殽、黾之阻，当秦、陇之襟喉，而赵、魏之走集，盖四方必争之地也。天下当无事则已，有事则洛阳必先受兵。予故尝曰："洛阳之盛衰，天下治乱之候也。"

唐贞观、开元之间，公卿贵戚开馆列第于东都者，号千有馀邸。及其乱离，继以五季之酷，其池塘竹树，兵车蹂蹴，废而为丘墟；高亭大榭，烟火焚燎，化而为灰烬，与唐共灭而俱亡，无馀处矣。予故尝曰："园囿之兴废，洛阳盛衰之候也。"

且天下之治乱，候于洛阳之盛衰而知；洛阳之盛衰，候于园圃之废兴而得。则《名园记》之作，予岂徒然哉？

---

*选自吴楚材、吴调侯选注，施适校点：《古文观止》，上海古籍出版社2016年版，第382—383页。

呜呼!公卿士大夫方进于朝,放乎一己之私,自为之,而忘天下之治忽,欲退享此,得乎?唐之末路是矣!

【作者简介】

李格非(约1045—约1105),字文叔,齐州章丘(今山东济南章丘)人,北宋文学家。女词人李清照之父。幼时聪敏警俊,着力于经学,著《礼记说》数十万言。宋神宗熙宁九年(1076)中进士,初任冀州(今河北冀州)司户参军、试学官,后为郓州(今山东东平)教授。

【内容简介】

这是《洛阳名园记》一书的后记。

后记一般交代写作缘由和经过,很难有振聋发聩之语。而本文却做出了一个重要的论证:从洛阳的盛衰可以看出国家的治乱,从洛阳园林的兴废可以看出洛阳的盛衰。一句话,洛阳园林是国家治乱兴衰的晴雨表。作者还指出,《洛阳名园记》不是白写的,对朝廷的腐败提出了强烈的警告,表现了作者对国势衰微的清醒认识和深刻忧虑。

稼轩记*

■〔宋〕洪　迈

国家行在武林，广信最密迩畿辅。东舟西车，蠭午错出，势处便近，士大夫乐寄焉。环城中外，买宅且百数，基局不能宽，亦曰避燥湿寒暑而已耳。

郡治之北可里所，故有旷土存：三面傅城，前枕澄湖如宝带，其从千有二百三十尺，其衡八百有三十尺，截然砥平，可庐以居。而前乎相攸者，皆莫识其处。天作地藏，择然后予。

济南辛侯幼安最后至，一旦独得之。既筑室百楹，财占地什四。乃荒左偏以立圃，稻田泱泱，居然衍十弓。意他日释位得归，必躬耕于是，故凭高作屋下临之，是为“稼轩”。而命田边立亭曰“植杖”，若将真秉耒耨之为者。东冈西阜，北墅南麓，以青径款竹

---

* 选自王根林编著：《南宋散文》，上海书店出版社2000年版，第223—224页。

扉，锦路行海棠。集山有楼，婆娑有堂，信步有亭，涤砚有渚，皆约略位置，规岁月绪成之。而主人初未之识也，绘图畀予曰：“吾甚爱吾轩，为吾记。”

全谓侯本以中州隽人，抱忠仗义，章显闻于南邦。齐虏巧负国，赤手领五十骑缚取于五万众中，如挟毚兔，束马衔枚，间关西奏淮，至通昼夜不粒食：壮声英概，儒士为之兴起！圣天子一见三叹息，用是简深知，入登九卿，出节使二道，四立连率幕府。倾赖氏祸作，自潭薄于江西，两地震惊，谭笑扫空之。使遭事会之来，挈中原还职方氏，彼周公瑾、谢安石事业，侯固饶为之。此志未偿，因自诡放浪林泉，从老农学稼，无亦大不可欤？

若予者，伥伥一世间，不能为人轩轾，乃当急须袯襫，醉眠牛背，与荛童牧竖肩相摩。幸未黧老时，及见侯展大功名，锦衣来归，竟厦屋潭潭之乐，将荷笠棹舟，风乎玉溪之上。因园隶内谒曰：“是尝有力于稼轩者”。侯当辍食迎门，曲席而坐，握手一笑，拂壁间石细读之，庶不为生客。

侯名弃疾，今以右文殿修撰，再安抚江南西路云。

【作者简介】

洪迈(1123—1202),字景卢,别号野处,南宋饶州鄱阳(今江西鄱阳)人。南宋著名文学家。绍兴进士,官至端明殿学士。学识渊博,自经史百家以至医卜星算,皆有论述,尤熟于宋代掌故。主要作品有《容斋随笔》《夷坚志》等。

【内容简介】

宋孝宗淳熙八年(1181),南宋词人辛弃疾在江西信州上饶郡(今江西上饶)城北灵山下建成新居,名为“稼轩”。辛弃疾认为,人应该勤奋,并以田间劳作为先,所以用“稼轩”作自己的号。本文就是作者为此而作。

这篇散文由建园情形写到园宅主人,再写到宅主与作者的关系,着意赞扬了辛弃疾恢复中原、统一国家的志向和才干;并提出应以民族大义为重,而不要以个人进退为限,语重情长,用意良深。作者在文末想象:他日辛侯杀敌报国,“锦衣来归”,作者前往聚会,主客“曲席而坐,握手一笑”,情景十分生动感人。

诉衷情·建康*

■〔宋〕仲　殊

钟山影里看楼台，江烟晚翠开。六朝旧时明月，清夜满秦淮。　寂寞外，两潮回，黯愁怀。汀花雨细，水树风闲，又是秋来。

【作者简介】

仲殊，生卒年不详，字师利，安州(今湖北安陆)人，北宋僧人、词人。本姓张，名挥，仲殊为其法号。曾应进士科考试。年轻时游荡不羁，几乎被妻子毒死，后弃家为僧，先后寓居苏州承天寺、杭州宝月寺，因时常食蜜以解毒，人称“蜜殊”；或又用其俗名称他为“僧挥”。与苏轼往来甚厚。徽宗崇宁年间自缢而死。

---

*选自夏于全主编：《唐诗宋诗·第十四卷·宋词》，北方妇女儿童出版社2006年版，第42页。

【内容简介】

词的上阕是作者站在秦淮河畔的怀古所见。开篇两句“钟山”“楼台”“晚翠”等景物，实际上都是江中的倒映。“旧时”二字透出怀古氛围，有“年年岁岁月相似，岁岁年年人不同”之意。下阕转为悲秋，依然从景物着笔，围绕着秦淮河来写。“寂寞外，两潮回”二句化用刘禹锡《石头城》诗中著名的诗句“潮打空城寂寞回”。全词上阕怀古，下阕悲秋，怀古是悲秋的基础，悲秋是怀古的深化，二者始终交织在一起，通过景物描写来展现秋意，隐含历史变换的沧桑，所描绘景物都以秦淮河为中心，意象密集而又有条理。

“楼台”本在钟山之上，作者站在江边观察水中倒影，“楼台”也自然就在“钟山影”中了。“江烟晚翠开”是写江上的烟雾消散，露出水面的倒影，这倒影的内容正是暮色下翠绿的钟山。这两句在叙述顺序上是倒装，因为只有先“江烟”散，才能看到倒影的钟山、楼台，倒装的目的是为了突出主题。

念奴娇·登多景楼*

■〔宋〕陈　亮

危楼还望，叹此意，今古几人曾会！鬼设神施，浑认作、天限南疆北界。一水横陈，连冈三面，做出争雄势。六朝何事？只成门户私计。　因笑王谢诸人，登高怀远，也学英雄涕。凭却江山，管不到，河洛腥羶无际。正好长驱，不须反顾，寻取中流誓。小儿破贼，势成宁问强对！

【作者简介】

陈亮（1143—1194），原名汝能，字同甫，学者称龙川先生。婺州永康（今浙江永康）人。南宋思想家、文学家。倡导经世济民的"事功之学"，创立永康学派。与朱熹友善，论学则冰炭不相容，曾进行过多次

---

* 选自上海市建工局工人理论组注：《陈亮诗文选注》，上海人民出版社1977年版，第283页。

“王霸义利之辩”。所作政论文气势纵横，笔锋犀利。词作感情激越，风格豪放，显示其政治抱负，是宋词中“豪放派”的主要人物之一。著作有《龙川文集》《龙川词》等。

【内容简介】

这是一首借古论今之作。多景楼，在镇江北固山上甘露寺内，北临长江。这首词的写作背景是孝宗淳熙十五年(1188)春天，陈亮到建康和镇江考察形势，准备向朝廷陈述北伐的策略。词的内容以议论形势、陈述政见为主，正是与此行目的息息相通的。

同样是登临抒慨之作，陈亮的这首《念奴娇·登多景楼》和他的挚友辛弃疾的《水龙吟·登建康赏心亭》便显出不同的艺术风格。辛词也深慨于“无人会，登临意”，但通篇于豪迈雄放之中深寓沉郁盘结之情，读来别具一种回肠荡气、抑塞低回之感；而陈词则纵论时弊，痛快淋漓，充分显示其词人兼政论家的性格。从艺术的含蕴、情味的深厚来说，陈词自然不如辛词，但这种大气磅礴、开拓万古心胸的强音，是足以振奋人心的。

收灯，都人出城探春*

■〔宋〕孟元老

收灯毕，都人争先出城探春。

州南，则玉津园、外学方池亭榭、玉仙观。转龙弯西去，一丈佛园子、王太尉园，奉圣寺前孟景初园，四里桥望牛冈、剑客庙。自转龙弯东去陈州门外，园馆尤多。

州东，宋门外，快活林、勃脐陂、独乐冈、砚台、蜘蛛楼、麦家园。虹桥、王家园。曹、宋门之间，东御苑，乾明、崇夏尼寺。

州北，李驸马园。

州西，新郑门大路，直过金明池西道者院，院前皆妓馆。以西，宴宾楼，有亭榭，曲折池塘，鞦韆画舫。酒客税小舟，帐设游赏。相对祥祺观，直至板桥，

---

* 选自孟元老著，杨春俏译注：《东京梦华录》，中华书局2020年版，第442—457页。

有集贤楼、莲花楼，乃之官河东、陕西五路之别馆。寻常饯送，置酒于此。过板桥，有下松园、王太宰园、杏花冈。金明池角南去，水虎翼巷，水磨下，蔡太师园。南，洗马桥西巷内，华严尼寺、王小姑酒店。北，金水河，两浙尼寺、巴娄寺、养种园，四时花木，繁盛可观。南去，药梁园、童太师园。南去，铁佛寺、鸿福寺、东西柏榆树。

州北，模天坡、角桥，至仓王庙、十八寿圣尼寺、孟四翁酒店。

州西北，元有庶人园，有创台、流杯亭榭数处，放人春赏。

大抵都城左近皆是园圃，百里之内，并无阒地。次第春容满野，暖律暄晴。万花争出粉墙，细柳斜笼绮陌。香轮暖辗，芳草如茵。骏骑骄嘶，杏花如绣。莺啼芳树，燕舞晴空。红妆按乐于宝榭层楼，白面行歌近画桥流水。举目则鞦韆巧笑，触处则蹴踘疏狂。寻芳选胜，花絮时坠金樽；折翠簪红，蜂蝶暗随归骑。于是相继清明节矣。

【作者简介】

孟元老，生卒年不详，号幽兰居士，北宋东京开封府(今河南开封)人。宋代文学家。曾任开封府仪曹,北宋末叶在东京居住二十余年。金灭北宋,孟元老南渡,常忆东京之繁华,于南宋绍兴十七年(1147)撰成《东京梦华录》,自作序。该书在中国文学史上具有重要的影响。

【内容简介】

本条标题"收灯,都人出城探春",既对北宋东京正月间的各项活动加以约束,又将京都之人带出这座四方城,以"探春"方式,集中介绍东京附近的各种园林景观以及京城人丰富多彩的游赏活动。

北宋时期,中国古典园林发展到新的阶段,园林建设日趋成熟。宋都东京城内城外,星罗棋布着数目众多的园林。孟元老大体按照州南、州东、周北、州西的次序,记录东京城外的园林,总体来看,东京南面和西面园林分布密集,东面较为稀少,北部最少。这与东京城的地势特点与城市布局有关,也与孟元老的记录并不完全有关。

东京大内*

■〔清〕徐　松

东京，唐之汴州，梁建为东都，后唐罢之，晋复为东京，国朝因其名。

旧城，周回二十里一百五十五步，即唐汴州城，建中初，节度使李勉筑。国朝以来，号曰阙城，亦曰里城。南三门：中曰朱雀，梁曰高明，晋曰熏风，太平兴国四年九月改；东曰保康，大中祥符五年赐名；西曰崇明，周曰兴礼，太平兴国四年九月改。东二门：南曰丽景，梁曰观化，晋曰仁和，太平兴国四年九月改；北曰望春，梁曰建阳，晋曰迎初，国初曰和政，太平兴国四年九月改。西二门：南曰宜秋，梁曰开明，晋曰金义，太平兴国四年九月改；北曰阊阖，梁曰乾象，晋曰乾明，国初曰千秋，太平兴国四年九月改。

---

* 选自徐松著，刘琳等校点：《宋会要辑稿》（卷15），上海古籍出版社2014年版，第9265—9268页。

北三门：中曰景龙，梁曰兴和，晋曰元化，太平兴国四年改；东曰安远，梁曰含辉，晋曰宣阳，太平兴国四年九月改；西曰天波，梁曰大安，太平兴国四年九月改。

新城，周回四十八里二百三十三步，周显德三年令彰信节度韩通董役兴筑。国朝以来，号曰国城，亦曰外城，又曰罗城。南五门：中曰南薰，周曰景风，太平兴国四年九月改；次东曰普济，惠民河水门，太平兴国四年九月赐名；次东曰宣化，周曰朱明，太平兴国四年九月改；次西曰广利，惠民河水门，太平兴国四年九月赐名；次西曰安上，周曰畏景，太平兴国四年九月改。东五门：南曰上善，汴河东水门，太平兴国四年九月赐名；次北曰通津，汴河东水门，太平兴国四年九月赐名通津，天圣初改广津，后复今名；次北曰朝阳，周曰延春，太平兴国四年九月改；次北曰含辉，周曰含烨，太平兴国四年九月改寅宾，后复今名；次北曰善利，广济河水门，太平兴国四年九月赐名咸通，天圣初改。西六门：南曰顺天，周曰迎秋，太平兴国四年九月改；次北曰大通，汴河南水门，太平兴国四年九月赐名大通，天圣初改顺济，后复今名；次北曰宣泽，汴河北〔水〕门，熙宁十年赐名；次北曰开远，太平兴国四年赐名通远，天圣初改；次北曰金耀，周曰肃政，太平兴国四年九月改；次北曰咸丰，广济河西水门，太平兴国四年九月赐名。北五门：中曰通天，周曰元德，太平兴国四年九月改曰通天，天圣初改宁德，后复今名；次东曰景阳，周曰长景，太平兴国四年九月赐名；次东曰永泰，周曰爱景，太平兴国四年九月改；次西曰安肃，国初号卫州门，太平兴国四年九月赐名；次西曰永顺，广济河南水门，熙宁十年赐名。

大内，据阙城之西北。宫城周回五里，即唐宣武军节度使治所，梁以为建昌宫，后唐复为宣武军治，晋为大宁宫。国朝建隆三年五月诏广城，命有司画洛阳宫殿，按图以修之。南三门：中曰宣德，梁初曰建国，后改咸安，晋初曰显德，又改明德，太平兴国三年七月改丹凤，九年七月改乾元，大中祥符八年六月改正阳，景祐元年正月改今名；东曰左掖，西曰右掖，乾德六年正月赐名。东一门曰东华，梁曰宽仁，开宝四年改；西一门曰西华，梁曰神兽，开宝四年改。北一门曰拱宸，梁曰厚载，后改玄武，大中祥符五年十一月改。宣德门内正南门曰大庆，梁曰元化，国朝常随正殿名改。东西横门曰左、右升龙，乾德六年正月赐名。正殿曰大庆，梁曰崇元，乾德四年重修，改乾元。太平兴国九年五月，殿灾，改朝元。大中祥符八年四月殿灾，六月改天安。景祐元年正月改今名。殿九间，挟各五间，东西廊各六十间，有龙墀、沙墀。正至朝会、册尊号御此殿，飨明堂、恭谢天地即此殿行礼，郊祀斋宿殿之后阁。东西两廊门曰左、右(大)〔太〕和，梁曰金乌、玉兔，国初改日华、月华，大中祥符八年六月改今名。右升龙西北偏曰端礼门，凡三门，各列戟二十四枝，熙宁十年八月赐名。门内庙堂，次北文德殿门，次文德殿，后唐曰端明，国初改文明，太平兴国九年五月殿灾，改今名，即正衙殿。太祖时元、朔亦御此殿，其后常陈入阁仪如大庆殿，飨明堂、恭谢天地即斋于殿之后阁。熙宁以后，月朔视朝御此殿。殿东西两廊门曰左、右嘉福，旧名左、右勤政，明道元年十月改。殿庭东南隅有鼓楼，其下漏室，西南隅钟楼。殿两挟有东上、西上阁门。左、右掖门内正南门曰左、右长庆，乾德六年正月赐名；次北门曰左、右嘉肃，熙宁十年八月赐名；次北门曰左、右银台。大庆殿后东西道，其北门曰宣祐，旧曰天光，大中祥符八年六月改大宁，明道元年十月改今名。门西紫宸殿门，殿门皆两重，名随殿易。其中隔门，遇雨雪群臣朝其上。紫宸殿旧名崇德，明道元年十月改，即视朝之前殿。每诞节称觞及朔望御此殿。次西垂拱殿门，门有柱廊接文德殿后，其东北角门子通紫宸殿。每日枢密使以下立班殿庭候传宣，不座，即(遇)〔过〕赴垂拱殿起居。每门内东西廊设二府、亲王、三司、开封府、学士至待制、正刺史以上候班幕次。垂拱殿旧曰长春，明道元年十月改勤政，十一月改今名，即常日视朝之所。节度使及契丹使辞、见，亦宴此殿。其后福宁殿，国初曰万岁，大中祥符七年改诞庆，明道元年十月改今名。殿即正寝。殿东西门曰左、右昭庆，大中祥符七年赐名。次后柔仪殿、国初但名万岁后殿，章献明肃皇太后居之，乃名崇徽，明道元年十月改宝慈，景祐二年改今名。次后钦明殿，旧曰天和，明道元年十月改观文，后改清居，治平三年六月改今名。其西睿思殿。福宁殿东庆寿宫，庆寿、萃德二殿，太皇太后所居。福宁殿西宝慈宫，宝慈、姒徽二殿，皇太后所居。福宁殿后坤宁殿，皇后所居。凡禁中殿(阁)，有嘉庆殿，咸平初明德太后居此殿，后徙万安宫。观文殿，旧曰延恩，大中祥符元年以圣祖降此殿，因缮完，改曰真游，奉道像。后改集圣。明道二年十一月，改葺为内外命妇容殿，名肃仪。庆历八年五月改今名。延真门，大中祥符七年赐真游殿西门曰延真。积庆殿、感真阁，大中祥符七年赐真游殿、真君殿，曰积庆，前又建感真阁。福圣殿，明道中奉真宗御容于此。寿宁堂，明道中奉太祖御容于此。庆云殿、玉京殿、清景殿、西凉殿，景祐二年重修，在天章阁东。慈德殿，章惠太后所居，初系保庆殿，景祐四年改今名。景宁殿，治平二年正月，诚内中神御殿，赐名景宁。垂拱殿门次西皇仪殿门。皇仪殿旧曰明德，亦曰滋德，开宝四年改滋福，咸平三年明德太后居之，号万安宫，（万安殿）大中祥符七年复为殿，标旧额，明道元年十月改今名。次西集英殿门。集英殿旧曰玄德，亦曰广政，开宝二年改大明，淳化元年正月改含光，大中祥符八年六月改会庆，明道元年十月改元和，寻改今名。每春秋、诞圣节，赐宴此殿。熙宁以后，亲策进士于此殿。后有需云殿，旧曰玉华，后改琼英，熙宁初改今名。东有升平楼，旧曰紫云，明道元年十月改今名，宫中观宴之所。次西安乐门。门外西北景晖门，天禧五年三月赐名；其东含和门，熙宁十年八月赐名。门内有横廊，廊北龙图阁，大中祥符初建，以奉太宗御集、御书。阁东序资政、崇和二殿，西序宜德、述古二殿。又列六阁：曰经典、曰史传，曰子书，曰文集，曰天文，曰图画。其北天章阁，天禧五年三月建，以奉真宗御集、御书。阁东西序群玉、蕊珠二殿。次北宝文阁，旧曰寿昌，庆历初改今名，以奉仁宗御笔、御书。阁东、西序嘉德、延康二殿，殿间以桃花文石，为流盃之所。东华门内，次西左承天祥符门，乾德六年正月赐名左承天，大中祥符元年正月天书降其上，诏加其名而增葺之。次西北廊元符观，大中祥符七年，以皇城司廨舍为观，奉天书道场，后罢之，复并入皇城司。直北东向有移门，旧无榜，熙宁十年始标额。门内南廊庆宁宫，英宗为皇子所居，治平二年赐名。西华门内次西右承天门，乾德六年正月赐名。南北夹道北延福宫，穆清、灵顾、性智三殿，灵顾以奉真宗圣容。宫中又有奉宸五库。次北广圣宫，天(夭)圣二年建长宁宫，以奉三清玉皇道像，后安真宗御容于宫之降真阁，景祐二年改今名。宣祐门内东廊，次北资善堂，大中祥符九年二月建资善堂于元符观南，为仁宗就学之所，天禧四年徙于此。讲筵所，旧曰说书所，寓资善堂，庆历初改今名。次北引见门，次北通极门，熙宁十年八月赐名。次北临华门，熙宁十年八月赐名。西廊次北内东门，有柱廊与御厨相直,门内有小殿,即召学士之所。次北崇政殿门。崇政殿旧曰简贤讲武,太平兴国八年改,大中祥符七年始建额,即阅事之所。殿东西延义、迩英二阁,侍臣讲读之所。阁后隆儒殿,皇祐三年十月赐名。崇政殿后有柱廊、倒座殿。次北景福殿,前有水阁,旧试贡举人,考官设次于两廊。殿南延和殿,大中祥符七年建,赐名承明,章献太后垂帘参决朝政于此,明道元年十月改明良,寻改端明,景祐元年改今名。殿北向,俗呼倒座殿。殿西北迎阳门,大中祥符七年建,赐名宣和,明道元年十月改开曜,十一月改今名,俗号苑东门,召近臣入苑由此门。门内后苑,苑有(大)〔太〕清楼,楼贮四库书。走马楼。延春阁,旧曰万春,宝元中改。仪凤、翔鸾二阁,景祐中有瑞竹生阁首。宜圣殿,奉祖宗圣容。嘉瑞殿,旧曰崇圣,后改今名。宣明殿。安福殿。宝岐殿。化成殿,旧曰玉宸,明道元年改,四方贡珍果常贮此殿。金华殿,大中祥符中常宴辅臣。清心殿,真宗奉道之所。流杯殿,唐明皇书山水字于(右)〔石〕,天圣初自长安辇入苑中,构殿为流杯,尝令侍臣、馆阁官赋诗。清辉殿。(亲)〔观〕稼殿,景祐二年建,赐名。华景亭。翠芳亭,景祐中橙宝亭前,命近臣观。瑶津亭,象瀛山池。以上《国朝会要》。

【作者简介】

徐松(1781—1848),字星伯,清代著名地理学家。著有《西域水道记》12卷及《〈汉书·地理志〉集释》《〈汉书·西域传〉补注》《新疆赋》等。清嘉庆中上编《全唐文》,徐松入馆任"提调兼总纂官",借《全唐文》之名,从《大典》中辑出《宋会要》500卷,为保存宋代原始文献做出了不可磨灭的贡献。

【内容简介】

《宋会要辑稿》是清嘉庆年间由徐松从《永乐大典》中辑出的宋代官修《宋会要》之文,共366卷,分17个门类,是研究宋史的重要资料。本文所选记录了东京汴梁的建筑情况,尤其是皇宫的布局,展现了北宋高超的建筑技艺。

爱读书
读好书
善读书

解读

- 北宋之宫殿苑囿寺观都市
- 宋代的皇家园林和私家园林
- 五代、宋的城市、宫殿与园林建筑
- 南宋行都建设的演进历程
- 两宋民居的形制与审美意象

北宋之宫殿苑囿寺观都市*

■ 林徽因

北宋政治经济文化之力量，集中于东京建设者百数十年。汴京宫室坊市繁复增盛之状，乃最代表北宋建筑发展之趋势。

东京旧为汴州，唐建中节度使重筑，周二十里许，宋初号里城。新城为周显德所筑，周四十八里许，号曰外城。宋太祖因其制，仅略广城东北隅，仿洛阳制度修大内宫殿而已。真宗以“都城之外，居民颇多，复置京新城外八厢”。神宗徽宗再缮外城，则建敌楼瓮城，又稍增广，城始周五十里余。

太宗之世，城内已“比汉唐京邑繁庶，十倍其

* 节选自林徽因：《林徽因谈建筑》，内蒙古科学技术出版社 2018 年版，第 52 页。原文有改动，编者注。林徽因（1904—1955），原名徽音，祖籍福建闽侯（今福建福州），出生于浙江杭州。清华大学教授，著名的建筑学家、作家，中国第一位女性建筑学家，“中国现代文化史上的杰出女性”。著有《林徽因诗集》《林徽因文集》等。

人”；继则“甲第星罗，比屋鳞次，坊无广巷，市不通骑”。迄北宋盛世，再接再厉，至于“栋宇密接，略无容隙，纵得价钱，何处买地”，其建筑之活跃，不言而喻，汴京因其水路交通，成为经济中枢，乃商业之雄邑，而建为国都者；加以政治原因，“乘舆之下，士庶走集”，其繁荣尤急促；官私建置均随环境展拓，非若隋唐两京皇帝坊市之预布计划，经纬井井者也。其特殊布置，因地理限制及逐渐改善者，后代或模仿以为定制。

汴京有穿城水道四，其上桥梁之盛，为其壮观，河街桥市，景象尤为殊异。大者蔡河，自城西南隅入，至东南隅出，有桥十一。汴河则自东水门外七里，至西水门外，共有桥十三。小者五丈河，自城东北入，有桥五。金水河从西北水门入城，夹墙遮入大内，灌后苑池浦，共有桥三。

桥最著者，为汴河上之州桥，正名大汉桥，正对大内御街，即范成大所谓“州桥南北是大街”者也。桥低平，不通舟船，唯西河平船可过，其下密排石柱，皆青石为之；又有石梁石笋楯栏。近桥两岸皆石壁，镌刻海马、水善、飞云之状。“……州桥之北，御路东西，两阙楼观对耸……”金元两都之周桥，盖有意仿此，为宫前制度之一。桥以结构巧异称著，为东水门外之虹桥，“无柱，以巨木虚架，饰以丹，宛如飞虹”。

大内本唐节度使治所，梁建都以为建昌宫，晋号大宁宫，周加营缮，皆未增大，“如王者之制”。太祖始“广皇城东北隅……命有司画洛阳宫殿，按图修之……皇居始壮丽……”

“宫城周五里”。南三门，正门名凡数易，至仁宗明道后，始称宣德，两侧称左掖右掖。宫城东西之门，称东华西华，北门曰拱宸。东华门北更有便门，“西与内直门相直”，成曲屈形，称门。此门之设及其位置，与太祖所广皇城之东北隅，或大略有关。

宣德门又称宜德楼，“下列五门，皆金钉朱漆。壁皆砖石间，镂龙凤飞云之状……莫非雕甍画栋，峻桷层榱。覆以琉璃瓦，曲尺朵楼，朱栏彩槛。下列两阙亭相对……”自宣德门南去，“坊巷御街……约阔三百余步。两边乃御廊，旧许市人买卖其间。自政和间，官司禁止，各安立黑漆杈子，路心又安朱漆杈子两行，中心道不得人马行往。行人皆在朱漆杈子外。杈子内有砖石砌御沟水两道，尽植莲荷。近岸植桃李梨杏杂花：春夏之日，望之如绣”。宣德楼建筑极壮丽，宫前布置又改缮至此，无怪金元效法作“千步廊”之制矣。

大内正殿之大致，据史志概括所述，则“正南门（大庆门）内，正殿曰大庆，正衙曰文德……大庆殿北有紫宸殿，视朝之前殿也。西有垂拱殿，常日视朝之所也……次西有皇仪殿，又次西有集英殿，宴殿也，殿后有需云殿，东有升平楼，宫中观宴之所也。后宫有崇政殿，阅事之所也。殿后有景福殿，西有殿北向曰延和，便坐殿也。凡殿有门者皆随殿名”。

大庆殿本为梁之正衙，称崇元殿，在周为外朝，至宋太祖重修，改为乾元殿，后五十年间曾两受火灾，重建易名大庆。至仁宗景祐中（1034），始又展拓为广庭。“改为大庆殿九间，挟各五间，东西廊各六十间，有龙墀沙墀，正值朝会册尊号御此殿……郊祀斋宿殿之后阁……”又十余年，皇祐中“飨明堂，恭谢天地，即此殿行礼”。“仁宗御篆明堂二字行礼则揭之”。

秦汉至唐叙述大殿之略者，多举其台基之高峻为其规模之要点；独宋之史志及记述无一语及于大殿之台基，仅称大庆殿有龙墀沙墀之制。

“文德殿在大庆殿之西少次”，亦五代旧有，后唐曰端明，在周为中朝，宋初改文明。后灾重建，改名文德。“紫宸殿在大庆殿之后，少西其次又为垂……紫宸与垂拱之间有柱廊相通，每日视朝则御文德，所谓过殿也。东西阁门皆在殿后之两旁，月朔不御过殿，则御紫宸，所谓入阁也”。文德殿之位置实堪注意。盖据各种记载广德、紫宸、垂拱三殿成东西约略横列之一组，文德既为“过殿”居其中轴，反不处于大庆殿之正中线上，而在其西北偏也。宋殿之区布情况，即此四大殿论之，似已非绝对均称或设立一主要南北中心线者。

初，太祖营治宫殿，“既成，帝坐万岁殿（福宁殿在垂拱后，国初曰万岁），洞开诸门，端直如绳，叹曰：‘此如吾心，小有私曲人皆见之矣。’”。对于中线引直似极感兴味。又“命怀义等凡诸门与殿顶相望。无得辄差。故垂拱、福宁、柔仪、清居四殿正重，而左右掖与左右升龙银台等诸门皆然”。福宁为帝之正寝，柔仪为其后殿，乃后寝，故垂拱之南北中心线，颇为重要。大庆殿之前为大庆门，其后为紫宸殿，再后，越东华西华横街之北，则有崇政殿，再后更有景福殿，实亦有南北中线之成立，唯各大殿东西部位零落，相距颇远，多与日后发展之便。如皇仪在垂拱之西，集英宴殿自成一组，又在皇仪之西，似皆非有密切关系者，故福宁之两侧后又建置太后宫，如庆寿宝慈，而无困难，而柔仪之西，日后又有睿思殿等。

崇政初为太祖之简贤讲武，“有柱廊，次北为景福殿，临放生池”，规模甚壮。太宗真宗仁宗及神宗之世，均试进士于此，后增置东西两阁，时设讲读，诸帝日常“观阵图，或对藩夷，及宴近臣，赐花作乐于此”，盖为宫后宏壮而又实用之常御正殿，非唯“阅事之所”而已。

宋宫城以内称宫者，初有庆圣及延福，均在后苑，为真宗奉道教所置。广圣宫供奉道家神像，后示奉真宗神御，内有五殿，一阁曰降真，延福宫内有三殿，其中灵顾殿，亦为奉真宗圣容之所。真宗咸平中，“宰臣等言：汉制帝母所居称宫，如长乐积庆……请命有司为皇太后李建宫立名……诏以滋福殿（即皇仪）为万安宫”。母后之宫自此始，英宗以曹太后所居为慈寿宫，至神宗时曹为太皇太后，故改名庆寿（在福宁殿东）；又为高太后建宝慈宫（在福宁西）等皆是也。母后所居既尊为宫，内立两殿，或三殿，与宋以前所谓“宫”者规模大异。此外又有太子所居，至即帝位时改名称宫，如英宗之庆宁宫，神宗之睿成宫皆是。

初，宋内廷藏书之所最壮丽者为太宗所置崇文院三馆，及其中秘阁，收藏天下图籍，“栋宇之制皆帝亲授”，后苑又有太清楼，尤在崇政殿西北，楼“与延春仪凤翔鸾诸阁相接，贮四库书”。真宗常“曲宴后苑临水阁垂钓，又登太清楼，观太宗圣制御书，及亲为四库群书，宴太清楼下”。作诗赐射赏花钓鱼等均在此，及祥符中，真宗“以龙图阁奉太宗御制文集及典籍、图画，宝瑞之物，并置待制学士官，自是每帝置一阁”。天章宝文两阁（在龙图后集英殿西）为真仁两帝时所自命以藏御集，神宗之显谟阁，哲宗之微猷阁，皆后追建，唯太祖英宗无集不为阁。徽宗御笔则藏敷文阁，是所谓宋“文阁”者也。每阁东西序皆有殿，龙图阁四序曰资政崇和宣德述古，天章阁两序曰群玉蕊珠，宝文阁两序曰嘉德延康。内庭风雅，以此为最，有宋珍视图书翰墨之风，历朝不改，至徽宗世乃臻极盛。宋代精神实多无形寓此类建筑之上。

后苑禁中诸殿，龙图等阁，及太后各宫，无在崇政殿之东者。唯太子读书之资善堂在元符观，居宫之东北隅，盖宫东部为百司供应之所，如六尚局、御厨殿等及禁卫辇官亲从等所在。东华门及宫城供应入口；其外“市井最盛，盖禁中买卖所在”。

所谓外诸司，供应一切燃料、食料、器具、车驾及百物之司，虽散处宫城外，亦仍在旧城外城之东部。盖此以五丈河入城及汴蔡两河出城处两岸为依据。粮仓均沿河而设，由东水门外虹桥至陈州门里，及在五丈河上者，可五十余处。东京宫城以内布置，乃不免受汴梁全城交通趋势之影响。后苑部署偏于宫之西北者，亦缘于“金水河由西北水门入大内，灌其池浦”，地理上之便利也。

宋初宫苑已非秦汉游猎时代林囿之规模，即与盛唐离宫园馆相较亦大不相同。北宋百余年间，御苑作风渐趋绮丽纤巧。尤以徽宗宣政以后所辟诸苑为甚。玉津园，太祖之世习射观稼而已，乾德初，置琼林苑，太宗凿金明池于苑北，于是各朝每岁驾幸观楼船水嬉，赐群臣宴射于此。后苑池名象瀛山，殿阁临水，云屋连楯，诸帝常观御书，流杯泛觞游宴于玉宸等殿。“太宗雍熙三年，后常以暮春召近臣赏花钓鱼于苑中”。“命群臣赋诗赏花曲宴自此始”。

金明池布置情状，政和以后所记，当经徽宗增置展拓而成。"池在顺天门街北,周围约九里三十步,池东西径七里许。入池门内南岸西去百余步,有西北临水殿…… 又西去数百步乃仙桥,南北数百步:桥面三虹,朱漆栏楯,下排雁柱,中央隆起,谓之骆驼虹,若飞虹之状。桥尽处五殿正在池之中心,四岸石向背大殿,中坐各高御幄……殿上下回廊……桥之南立棂星门,门里对立彩楼……门相对街南砖石砌高台,上有楼,观骑射百戏于此……"规制之绮丽窈窕与宋画中楼阁廊庑最为迫肖。

徽宗之延福撷芳及艮岳万寿山布置又大异,蔡攸辈穷搜太湖灵璧等地花石以实之,"宣和五年,朱于太湖取石,高广数丈,载以大舟,挽以千夫,凿河断桥,毁堰拆闸,数月乃至……"盖所着重者及峰峦崖壑之缔构:珍禽奇石,环花异木之积累;以人工造天然山水之奇巧,然后以楼阁点缀其间。作风又不同于琼林苑金明池等矣。叠山之风,至南宋乃盛行于江南私园,迄元明清不稍衰。

真仁以后,殖货致富者愈众,巨量交易出入京师,官方管理之设备及民间商业之建筑,皆因之侈大。公卿商贾拥有资产者之园圃第宅,皆争尚摩丽,京师每岁所需木材之伙,使官民由各路市木不已,且有以此囤积取利者，营造之盛实普遍民间。

市街店楼之各种建筑，因汴京之富，乃登峰造极。商业区如“潘楼街……南通一巷，谓之界身，并是金银彩帛交易之所；屋宇雄壮，门面广阔，望之森然”。娱乐场如所谓“瓦子”，“其中大小勾栏五十余座……中瓦莲花棚、牡丹棚；里瓦夜叉棚、象棚：最大者可容数千人”。酒店则“凡京师酒店门首皆缚彩楼欢门……入门一直主廊，约百余步，南北天井，两廊皆小阁子，向晚灯烛荧煌，上下相映……白矾楼后改丰乐楼，宣和间更修三层相高，五楼相向，各有飞桥栏槛，明暗相通”。其他店面如“马行街南北十几里，夹道药肆，盖多国医，咸巨富……上元夜烧灯，尤壮观”。

住宅则仁宗景祐中已是，“士民之族，罔遵矩度，争尚纷华……室屋宏丽，交穷土木之工”。“宗戚贵臣之家，第宅园圃，服饰器用，往往穷天下之珍怪……以豪华相尚，以俭陋相訾”。

市政上特种设备，如“望火楼……于高处砖砌……楼上有人卓望，下有官屋数间，屯驻军兵百余人，及储藏救火用具。每坊巷三百步设有军巡捕屋一所，容捕兵五人”。新城战棚皆“旦暮修整”。“城里牙道各植榆柳，每二百步置一防城库，贮守御之器，有广固兵士二十指挥，每日修造泥饰”。

工艺所在，则有绫锦院、筑院、裁造院、官窑等等之产生。工商影响所及，虽远至蜀中锦官城，如神宗元丰六年，亦“作锦院于府治之东……创楼于前，以为积藏待发之所……织室吏舍出纳之府，为屋百一十七间，而后足居”。

有宋一代，宫廷多崇奉道教，故宫观景盛，对佛寺唯禀续唐风，仍其既成势力，不时修建。汴京梵刹多唐之旧，及宋增修改名者。太祖开宝三年(970)，改唐封禅寺为开宝寺“重起缭廊朵殿凡二百八十区。太宗端拱中建塔，极其伟丽”。塔八角十三层，乃木工喻浩所作，后真宗赐名灵感，至仁宗庆历四年塔毁，乃于其东上方院建铁色琉璃(1044)砖塔，亦为八角十三层，俗称铁塔，至今犹存，为开封古迹之一。又加开宝二年(969)诏重建唐龙兴寺，太宗赐额太平兴国寺。天清寺则周世宗创建于陈州门里繁台之上，塔曰兴慈塔，俗名繁塔，太宗重建。明初重建，削塔之顶，仅留三级，今日俗称婆塔者是。宝相寺亦五代创建，内有弥勒大像，五百罗汉塑像，元末始为兵毁。

规模最宏者为相国寺，寺建于北齐天保中，唐睿宗景云二年(711)改为相国寺：玄宗天宝四载(745)建资圣阁；宋至道二年(996)敕建三门，制楼其上，赐额大相国寺。曹翰曾夺庐山东林寺五百罗汉北归，诏置寺中。当时寺“乃瓦市也，僧房散处，而中庭两庑可容万余人，凡商旅交易皆萃其中。四方趋京师以货物求售转售它物者，必由于此”。实为东京最大之商场。寺内“有两琉璃塔……东西塔院。大殿两廊皆国相名公笔迹，左壁画炽盛光佛降九曜鬼百戏；右壁佛降鬼子母，建立殿庭，供献乐部马队之类。大殿朵廊皆壁隐楼殿人物，莫非精妙”。

京外名刹当首推正定府龙兴寺。寺隋开皇创建，初为龙藏寺，宋开宝四年(971)，于原有讲殿之后建大悲阁，内铸铜观音像、高与阁等。宋太祖曾幸之，像至今屹立，阁已残破不堪修葺，其周围廊庑塑壁，虽仅余鳞爪，尚有可观者。寺中宋构如摩尼殿、慈氏阁、转轮藏等，亦幸存至今。

北宋道观，始于太祖，改周之太清观为建隆观，亦诏以扬州行宫为建隆观。太宗建上清太平宫，规模始大。真宗尤溺于符谶之说，营建最多，尤侈丽无比。大中祥符元年(1008)，即建隆观增建为玉清照应宫，凡役工日三四万。“初议营宫料工须十五年，修宫使丁谓令以夜续昼，每画一壁给二烛，故七年而成……制度宏丽，屋宇稍不中程式，虽金碧已具，刘承必令毁而更造”。又诏天下遍置天庆观，迄于徽宗，惑于道士林灵素等，作上清宝楯宫。亦诏“天下洞天福地，修建宫观，塑造圣像。宣和元年(1119)，竟诏天下更寺院为宫观，次年始复寺院额”。

洛阳宋为西京，山陵在焉。“开宝初，遣王仁等修洛阳宫室，太祖至洛，睹其壮丽，王等并进秩……太祖生于洛阳，乐其土风，常有迁都之意”，臣下谏而未果。宫城周九里有奇，城南三门，中曰五凤楼，伟丽之建筑也。东西北各有一门。曰苍龙，曰金虎，曰拱宸。正殿曰太极殿，前有左右龙尾道及日楼月楼。“宫室合九千九百九十余区”，规模可称宏壮。皇城周十八里有奇，各门与宫城东西诸门相直，内则诸司处之。京城周五十二里余，尤大于汴京。神宗曾诏修西京大内。徽宗政和元年至六年间(1111—1116)之重修，预为谒陵西幸之备，规模尤大。“以真漆为饰，工役甚大。为费不资。至于洛阳园林之盛，几与汴京相伯仲。重臣致仕，往往径第西洛。自富郑公至吕文穆等十九园。”其馆榭池台配造之巧，亦可见当时洛阳经营之劳，与财力之盛也。

徽宗崇宁二年(1103)，李诫作《营造法式》，其中所定建筑规制，较与宋辽早期手法，已迥然不同。盖宋初秉承唐末五代作风，结构犹硕健质朴。太宗太平兴国元年(976)以后，至徽宗即位之初(1101)，百余年间，营建旺盛，木造规制已迅速变更：崇宁所定，多去前之硕大，易以纤靡，其趋势乃刻意修饰而不重魁伟矣。徽宗末季，政和迄宣和间，锐意制作，所本风格，尤尚绮丽，正为实施营造法式之时期，现存山西榆次大中祥符元年(1008)之永寿寺雨华宫，与太原天圣间(1023—1031)之晋祠等，结构秀整犹带雄劲，骨干虽已无唐制之硕建庞大，细部犹未有崇宁法式之烦琐纤弱，可称其为北宋中坚之典型风格也。

宋代的皇家园林和私家园林*

■ 周维权

唐末五代中原战乱频仍时，江南的钱氏地方政权建立的吴越国却一直维持着安定承平的局面，因而直到北宋时江南的经济、文化都得以保持着历久发展不衰的势头，在某些方面甚至超过中原。宋室南渡，偏安江左，江南遂成为全国最发达的地区，私家园林之兴盛，自是不言而喻。

吴兴是江南的主要城市之一，靠近富饶的太湖，“山水清远，升平日，士大夫多居之。其后秀安僖王府第在焉，尤为盛观。城中二溪横贯，此天下之所无，故好事者多园池之胜”。南宋人周密写了一篇《吴兴园林记》，记述他亲身游历过的吴兴园林三十

---

* 节选自周维权：《中国古典园林史》，清华大学出版社1993年版，第141—145页。周维权（1927—2007），云南大理人，清华大学建筑学院教授。主要著作有《颐和园》《中国名山风景区》《中国古典园林史》，参编《园林建筑设计》等。

六处，其中比较有代表性的是南、北沈尚书园，即南宋尚书沈德和的一座宅园和一座别墅园。

南园在吴兴城南，占地百余亩，园内“果树甚多，林檎尤盛”。主要建筑物聚芝堂、藏书室位于园的北半部。聚芝堂前临大池，池中有岛名蓬莱。池南岸竖立着三块太湖石，“各高数丈，秀润奇峭，有名于时”，足见此园是以太湖石的“特置”而名重一时的。沈家败落后这三块太湖石被权相贾似道购去，花了很大的代价才搬到他在临安的私园中。

北园在城北门奉胜门外，又名北村，占地三十余亩。此园“三面背水，极有野意”，园中开凿五个大水池均与太湖沟通，园内园外之水景连为一体。建筑有灵寿书院、怡老堂、溪山亭，体量都很小。有台名叫“对湖台”，高不逾丈。登此台可面对太湖，远山近水历历在目，一览无余。

南园以山石之美见长，北园以水景之秀取胜，两者为同一园主人，体现了因地制宜的造园立意。

苏州是另一个靠近太湖的城市。宋徽宗修造东京的艮岳，曾在苏州设应奉局专事搜求民间奇花异石，足见当时的私家园林不在少数。它们主要分布在城内、石湖、尧峰山、洞庭东山和洞庭西山一带，沧浪亭便是城内较有名气的宅园之一。

沧浪亭在苏州城南，据园主人苏舜钦自撰的《沧浪亭记》：北宋庆历年间，因获罪罢官，旅居苏州。购得城南废园，据说是吴越国吴军节度使孙承佑别墅废址，“纵广合五，六十寻，三向皆水也。杠之南，其地益阔，旁无民居，左右皆林木相亏蔽”。废园的山池地貌依然保留原状，乃在北边的小山上构筑一亭，名沧浪亭。“前竹后水，水之阳又竹，无穷极，澄川翠干，光影会合于轩户之间，尤与风月为相宜”。看来园林的内容简单，很富于野趣。苏舜钦死后，此园屡易其主，后归章申公家所有。申公加以扩充、增建，园林的内容较前丰富得多。据《吴县志》；“为大阁，又为堂山上。堂北跨水，有名洞山者，章氏并得之。既除地，发其下，皆嵌空大石，人以为广陵王时所存，益以增累其隙，两山相对，遂为一时雄观。建炎狄难，归韩蕲王家。韩氏筑桥两山之上，名曰飞虹，张安国书匾。山上有连理木，庆元间犹存。山堂曰寒光，傍有台，曰冷风亭，又有翊运堂。池侧曰濯缨亭，梅亭曰瑶华境界，竹亭曰翠玲珑，木樨亭曰清香馆，其最胜则沧浪亭也”。元、明废为僧寺，以后又恢复为园，并迭经改建，至今仍为苏州名园之一。

吴兴、苏州靠近太湖石的产地洞庭西山，其他的几种园林用石也产于附近各地，故叠石之风很盛，几乎是“无园不石”。《吴风录》有这样的记载：“今吴中富豪，竞以湖石筑峙奇峰阴洞，凿峭嵌空为绝妙。下户亦饰以小盆岛为玩”。因而叠石的技艺水平亦以此两地为最高，已出现专门叠石的技工。“工人特出于吴兴，谓之山匠”，苏州则称之为“花园子”。

临安作为南宋的“行在”，西邻西湖及其三面环抱的群山，东临钱塘江，既是当时的政治、经济、文化中心，又有美丽的湖山胜境。这些都为民间造园提供了优越的条件，因而自绍兴十一年（1141）与金人达成和议以来，临安私家园林的盛况比之北宋的东京和洛阳有过之而无不及。各种文献中所提到的私园名字总计近百处之多，它们大多数分布在西湖一带，其余在城内和钱塘江畔。

西湖一带的私家园林，《梦粱录》卷十九记述了比较著名的十六处。《武林旧事》卷五记述了四十五处。其中分布在三堤路的五处，北山路二十一处，葛岭路十四处。

杭州历来就是一座风景城市,它与西湖相结合,处在南北两山环抱中又无异于一座特大型的天然山水园林。建置在西湖一带的众多小园林则是点缀其间的园中之园,既有私家园林,也包括皇家园林和少数寺庙园林。诸园各抱地势,借景湖山,开拓视野和意境。湖山得园林之润饰而更加臻于画意之境界,园林得湖山之衬托而把人工与天然凝为一体。所以说,西湖一带的园林分布虽不一定有事先的总体规划,但从诸园选址以及皇家、私家园林相对集中的情况看来,确是考虑到湖山整体的功能分区和景观效果,并以之作为前提的。

总的看来,园林的分布是以西湖为中心,南、北两山为环卫,随地形及景色之变化,借广阔湖山为背景,采取分段聚集,或依山、或滨湖,起伏疏密,配合得宜,天然人工浑然一体,充分发挥了诸园的点景作用,扩展了观景的效果。诸园的布局大体上分为三段:南段、中段和北段。

南段的园林大部分集中在湖南岸及南屏山、方家峪一带。这里接近宫城,故以行宫御苑居多,如胜景园、翠芳园等。私家和寺庙园林也不少。随山势之蜿蜒,高低错落。其近湖处之集结名园佳构,意在渲染山林，借山引湖。

中段的起点为长桥，环湖沿城墙北行，经钱湖门、清波门、涌金门至钱塘门，包括耸峙湖中的孤山。在沿城滨湖地带建置聚景、玉壶、环碧等园缀饰西湖，并借远山及苏堤作对应，以显示湖光山色的画意。继而沿湖西转，顺白堤引出孤山，是为中段造园的重点和高潮。孤山耸峙潮上，碧波环绕，本是西湖风景最胜处。唐以来即有园亭楼阁之经营，宛若琼宫玉宇。南宋时尚遗留许多名迹，如白居易之竹阁，僧志铨之柏堂，名士林逋之巢居梅圃等。绍兴年间南宋高宗在此营建御苑祥符园，理宗作太乙西宫，再事扩展御苑而成为中段诸园之首。以孤山形势之胜，经此妆点，更借北段宝石山、葛岭诸园为背景，与南段南屏一带诸园及中段之滨湖园林互相呼应，蔚为大观。不仅如此，还于里湖一带布置若干别业小圃，以为隔水之陪衬。孤山及其附近遂成为西湖名园荟萃之区，以至于"一色楼台三十里，不知何处觅孤山"了。

北段自昭庆寺循湖而西，过宝石山，入于葛岭，多为山地小园。在昭庆西石涵桥北一带集结云洞、瑶池、聚秀、水丘等名园，继之于宝石山麓大佛寺附近营建水月园等，再西又于玛瑙寺旁建置养乐、半春、小隐、琼花诸园，入葛岭更有集芳、挹秀、秀野等园，形成北段之高潮。复借西泠桥畔之水竹院落衔接孤山，又使得北段之园林高潮与中段之园林高潮凝为一体，从而贯通全局之气脉。

总观三段园林之布置，虽说未经事先之规划，但各园基址的选择均能着眼于全局，因面形成总体结构上的起、承、转、合，疏密有致，轻重疾徐的韵律，长桥和西泠桥则是三段之间衔接转折的重要环节。这许多皇家、私家、寺庙园林既因借于湖山之秀色，又装点了湖山之画意。西湖山水之自然景观，经过他们的点染，配以其他的亭、榭，以及南北两山对峙呼应之雷峰塔和宝俶塔作为总绾全局之构图重心，西湖通体形成既有自然风景之美而又渗透着以建筑为主的人文景观之胜的风景名胜区，也无异于一座由许许多多小园林集锦而成的特大型的天然山水园林。这些小园林“俯瞰西湖，高挹两峰。亭馆台榭，藏歌贮舞。四时之景不同，而乐也无穷矣”。在当时国家山河破碎、偏安半壁的情况下，诗人林升感慨于此。因题壁为诗云：

山外青山楼外楼，西湖歌舞几时休；
暖风熏得游人醉，直把杭州作汴州。

环湖园林，除南、中、北段比较集中之外，也还有一些散布在湖西面的山地以及北高峰、三台山、南高峰、泛洋湖等地。

南园 在长桥附近，为平原郡王韩侂胄的别墅园。据《梦粱录》：园内“有十样亭榭，工巧无二，俗云‘鲁班造者’。射圃、走马廊、流杯池、山洞，堂宇宏丽，野店郊庄，装点时景，观者不倦”。另据《武林旧事》：园内“有许闲堂、相容射厅、寒碧台、藏春门、凌风阁、西湖洞天、归耕庄、清芬堂、岁寒堂、夹芳、豁望、矜春、鲜霞、忘机、照香、堆锦、远尘、幽翠、红香、多稼、晚节香等亭。秀石为上，内作十样锦亭、并射圃、流杯等处”。这座园林是南宋临安著名的私园之一，陆游《南园记》对此园有比较详尽的描述：南园之选址“其地实武林之东麓，而西湖之水汇于其下，天造地设，极湖山之美”。因而能够“因其自然，辅之雅趣”。经过园主人的亲自筹划，乃“因高就下，通室去蔽，而物象列。奇葩美木，争列于前，清流秀石，拱揖于外。飞观杰阁，虚堂广夏，上足以陈俎豆，下足以类金石者，莫不毕备。升而高明显敞，如蜕尘垢；入而窈窕邃深，疑于无穷”。所有的厅、堂、阁、榭、亭、台、门等均有命名，以示其建筑和景观的特点。“自绍兴以来，王公将相之园林相望，皆莫能及南园之仿佛者”，后来收归皇家所有，改名庆乐园。

水乐洞园 在满觉山，为权相贾似道之别墅园。据《武林旧事》：园内“山石奇秀，中一洞嵌空有声，以此得名”，“又即山之左麓辟荦确为径，循径而上，亭其山之巅。杭越诸峰，江湖海门尽在目睫，洵奇观也”。建筑有声在堂、界堂、爱此留照、独喜玉渊、漱石宜晚、上下四方之宇诸亭。水池名“金莲池”。

水竹院落 在葛岭路之西泠桥南，亦为贾似道的别墅园。主要建筑物有奎文阁、秋水观、第一春、思剡亭、道院等，此园“前枕湖游，左挟孤山，右带苏堤，波光万顷，与阑槛相直，无少障碍，又有道院舫亭等，杰然为登览之最”。

后乐园 原为御苑集芳园，后赐贾似道。据《西湖游览志》：此园“古木寿藤，多南渡以前所植者。积翠回抱，仰不见日”。建筑物皆御范旧物，皇帝御题之名均有隐喻某种景观之意。例如，“蟠翠”喻附近之古松，“雪香”喻古梅，“翠岩”喻奇石，“倚绣”喻杂花，“挹露”喻海棠，“玉蕊”喻茶藏，“清胜”喻假山。此外，山上之台名“无边风月见天地心”，水滨之台名“琳琊步归舟”等。架百余“飞楼层台，凉亭燠馆”。“前挹孤山，后据葛岭，两桥映带，一水横穿，各随地势，以构筑焉”。山上“架廊叠磴，幽渺逶迤”，极其营度之巧，并“隧地通道，抗以石梁，旁透湖滨”。

廖药洲园 在葛岭路，内有花香、竹色、心太平、相在、世彩、苏爱、君子、习说等亭。

云洞园 在北山路，为杨和王府园。“有万景大全、方壶云洞、潇碧天机、云锦紫翠、闲濯缨、五色云、玉玲珑、金粟洞、天砌台等处。花木皆蟠结香片，极其华洁，盛时凡用园丁四十余人，监园使臣二名”。

水月园 据《淳祐临安志》：“（园）在大佛头西，绍兴中，高宗皇帝拨赐杨和王（存中），御书‘水月’二字。后复献于御前。孝宗皇帝拨赐嗣秀王（伯圭）为园，水月堂俯瞰平湖，前列万柳，为登览最。”

环碧园 据《淳祐临安志》：“（园）在丰豫门外，慈明皇太后宅园，直柳洲寺之侧，面西湖，于是为中，尽得南北两山之胜。”

湖曲园 据《淳祐临安志》:“(园)在慧照寺西,旧为中常侍甘氏园,岁久渐废,大资政赵公买得之。南山自南高峰而下,皆趋而东,独此山由净慈右转,特起为雷峰,少西而止,西南诸峰,若在几案。北临平湖,与孤山相拱揖,柳堤梅岗,左右映发。”

裴园 即裴禧园,在西湖三堤路。此园突出于湖岸,故诚斋诗云:“岸岸园亭傍水滨,裴园飞入水心横。傍人莫问游何处,只拣荷花开处行”。

临安东南郊之山地以及钱塘江畔一带,气候凉爽,风景亦佳,多有私家别墅园林之建置,《梦粱录》记载了六处。其中如内侍张侯壮观园、王保生园均在嘉会门外之包家山,“山上有关,名桃花关,旧匾。‘蒸霞’,两带皆植桃花,都人春时游者无数,为城南之胜境也”。“钱塘门外溜水桥东西马塍诸圃,皆植怪松异桧,四时奇花,精巧窠儿,多为龙蟠凤舞飞禽走兽之状,每日市于都城,好事者多买之,以备观赏也”。

临安城内的私家园林多半为宅园,内侍蒋苑使的宅园则是其中之佼佼者。据《梦粱录》之记载:蒋于其住宅之侧“筑一圃,亭台花木,最为富盛。每岁春月,放人游玩,堂宇内顿放买卖关扑,并体内庭规式，如龙船、闹竿、花篮，花工用七宝珠翠奇巧装结，花朵冠梳，并皆时样。官窑碗碟，列古玩具，铺陈堂右，仿如关扑歌叫之声，清婉可听。汤茶巧细，车儿排设进呈之器，桃村杏馆酒肆，装成乡落之景。数亩之地，观者如市”。

五代、宋的城市、宫殿与园林建筑*

■ 朱伯雄

五代、宋宫殿建筑，祠、庙建筑与唐代的相比，也出现了一些新变化，首先，斗栱的承重作用减弱，装饰作用加强，房顶坡度变缓，柱身加高，显得轻巧、宽敞。其次，在装饰方面，这一时期的建筑大量使用可以开启的、棂条组合极为丰富的门窗，与唐、辽建筑的板门、直棂窗相比较，不仅改变了建筑的外观，而且改善了室内的通风和采光。再其次，柱础的形式和雕刻趋于多样化。柱子除圆形、方形、八角形外，还出现了瓜楞柱，而且大量使用石柱。柱的表面往往雕刻各种花纹。总之，五代、宋建筑与唐代的

---

*节选自朱伯雄主编:《世界美术史:第4卷 古代中国与印度的美术》，山东美术出版社1990年版，第369—371页。朱伯雄（1932—2005），别名羊石，祖籍浙江湖州，出生于上海。中国著名的美术史论家、教育家、翻译家。代表作有《世界美术史》《世界美术经典》等。

相比较是趋向于变化丰富、轻巧、绚丽。

宋代城市规划，除前面讲的沿街设商店外，又特别注意建造供上层统治者游玩的场所，东京（今开封）即京都内城东北隅有一座大型园林——艮岳，外城西郊有金明池，都是供皇家游乐的御苑。规模庞大，装点豪华。

艮岳，宋徽宗宣和年间（1119—1125）所造，其设计思想是根据道家的阴阳学说，京城东北隅形势加以少高，当有多男之祥，于是皇帝下令修造艮岳，“以为山在国之艮，故名艮岳。”艮岳又名万岁山、寿山。以人工堆造峰峦岩谷和池沼岛屿，其间点缀楼台亭榭，广植奇花珍木，蓄养异兽珍禽。所用山石取自太湖沿岸。穷奢极侈，欲集天下名山奇景于一体，“并包罗列，又兼其绝胜”。为自己制造一个“玩心惬志，与神合契，遂忘尘俗之缤纷，而飘然有凌云之志”的神仙境界。及至金兵围城之日，“钦宗命取山禽水鸟十余万，尽投之汴河，听其所之；拆屋为薪，凿石为炮，伐竹为芭篱；又取大鹿数百千头杀之，以啖卫士云。”（《宋史·地理志一》）

金明池位于外城新郑门外，周九里（约合5000米），据宋画《金明池争标图》，池岸建有怡水殿阁、船坞、码头等，池的中央有岛，上建圆形回廊及殿阁，以桥与岸相连。由于池中举行赛船游戏，供皇帝观赏，所以建筑格外豪华排场，与一般的自然风景园林不同。

私人宅第园林化，是宋代民居建筑的一大特色。仅就洛阳一处而言，当时私人名园遍布全城，据李格非《洛阳名园记》，北宋洛阳园林大都规模庞大，具有别墅性质。引水凿池，盛植花卉竹木，虽累土为山而很少叠石，且仅建少数厅堂亭榭，错落于山池林木间。整个园林富于自然风趣。江南私人园林，更为小巧精致，文人、画家往往参与园林修造，将人工美与自然美经过艺术加工巧妙地结合起来，使园林的艺术水平及观赏价值大大提高。

赏石之风，在宋代更为普遍，像米芾、苏轼等文人，几乎嗜石成癖。造园叠石已成风气，无论是皇家园林还是私人园林，都要置一二玲珑剔透的太湖石以供赏玩。形象似是而非的太湖石，在园内成为可以面面观的“雕塑”，任观者对之发挥想象。由于对太湖石的需求量加大，促使吴兴一带产生了一批采石工，以采太湖石为业。艮岳所用太湖石体大，路远，运输极不便，为防止途中折损石面，便先用胶泥填满石孔，其外裹以麻筋混杂泥固着，使石圆浑，经日晒，极坚固，然后以大木为车装入舟中，船载抵汴京，沿路凿河断桥，毁堰拆锸，往往数月方能运到。至则将石浸泡水中，胶泥遇水自行软化脱落，石则完好无损。以太湖石叠起假山之后，为防止蛇虺钻入石窍中，便在石孔中置雄黄及炉甘石，雄黄辟毒虫，炉甘石遇天阴能散发一股薄薄雾气，轻烟缥缈，为假山增添几分神秘色彩。游人闲逛其中犹入仙境。

从经济学角度看，园林建筑大兴，要劳民伤财，而从审美角度来看，园林集自然美、工艺技艺和艺术于一体，为人们制造一个理想的缓解紧张情绪的环境，丰富人们的精神生活。皇帝及官僚们在宫中或地方衙署处理政务，心情是紧张的，他们要互相算计，寻找对策，以求存身。这时他们的身心是属于别人的，只有到了自己的园林中，或闲逛、或垂钓、或赏花、或观景、或同情人调笑，这时他才真正属于他自己。官场的倾轧，繁忙的政务，使得心情腻烦，需要有个清闲的去处，来轻松一下。隐士可以躲进深山，远离闹市，自享清闲。但为官者办不到，他们只能在自己的居处建造一个“安乐窝”，忙过政事之后，躲进这个鸟语花香的小自然中去，求得精神上一时的安乐。室内悬挂山水画，对之“卧游”，精神可以得到调节。而建造一个园林，将大自然的美景截取一段，加以条理化，既可享受人世间的快乐，又可领略大自然的奥妙，何乐而不为呢！

南宋行都建设的演进历程*

■ 郭黛姮

南宋行都建设大体上经历了三个发展阶段。建炎三年(1129)以临安为行在所,至绍兴八年(1138)正式定为行都,这段时间可视为草创阶段。自绍兴八年至绍兴三十二年(1162)是扩建阶段。特别是绍兴十一年(1141)与金人议和后,行都不仅兴建了不少宫室、郊坛、官署、府邸、御园等,而且还扩展了皇城和外城。至高宗晚年更大规模地营建了德寿宫("北内"),城市建设如道路、水利等也有发展。特别是随着工商业的进一步繁荣,更深入地进行了旧市坊规划制度的改革。通过这一阶段的经营,行都建设已颇具规模,城市结构也出现了新变化。孝宗继

---

* 节选自郭黛姮:《南宋建筑史》,上海古籍出版社2018年版,第21—25页。原文有改动,编者注。郭黛姮,(1936—),著名古建筑专家,清华大学建筑学院教授。师从建筑史学大师梁思成先生。作品有《乾隆御品圆明园》等。

统，临安建设又有新进展。以后各代也不断有所补充，使临安城日臻完备。此为第三阶段。

草创阶段

宋高宗赵构是在“时危势逼，兵弱财匮”的情况下即位的。当时军马匆匆、民心鼎沸，赵构为维系民心，军心，维护统治，建炎元年（1127）九月下诏，对他的巡幸处所诸事力求“因旧就简，无得骚扰”。建炎三年以杭州为行在，以州治作行宫。从建炎三年到绍兴八年，行在的宫室建设，仅在草创过程中。不仅宫室简陋，作为帝都的一些必备的礼制建筑设施也不健全。城市建设基本上以维持原局为主，无显著变化。其中较为重要的建设，大致有四项。

一、修缮城垣

因旧城年久失修，且有居民拆城建屋之事，故不得不加以修缮，以固城防。绍兴二年（1132）曾修筑外城城垣达三百余丈。

二、疏浚河道及西湖

北宋时杭州城中有茆山、盐桥两条运河。南宋初，由于泥沙淤塞，两河都难以担负建都以来的繁重运输任务。绍兴八年临安府知府张澄曾大事疏浚两河，以保证当时运输要求。西湖是临安的重要水源，对城市航运以及市民的生产生活影响甚巨。绍兴初仍承前代办法，常派人除葑浚湖，并禁止污染湖水，以保证城市水源和环境卫生，对维护西湖风景也起了很好的作用。

三、加强消防措施

自临安作为行都以来，人口日益增多，建筑密集，加之席屋多，经常发生大火灾，造成重大损失。绍兴二年（1132）五月的一次大火灾，“火弥六七里，延烧万余家”。为了减少火灾，曾采取了一些重大防火措施。第一是开辟火巷，减少火灾蔓延。按照实际情况，将旧巷陌展宽，重要建筑物周围都留空地。第二是取缔易燃屋盖。绍兴二年十二月曾下诏：“临安民居皆改造席屋，毋得以茅覆屋。”第三是颁布“临安火禁条约”，规定“凡是纵火者行军法”。第四是设军巡铺，监视火警。临安仿汴京旧制，绍兴二年正月，临安府、左右厢设军巡“百有十五铺”，负责“巡警地方盗贼烟火”。强化城市消防工作，是定都后市政建设及城市管理上的新发展。开辟火巷及增置空场地，对调整旧城建筑密度，改进旧城街巷功能，具有积极意义。

四、扩大城市工商业区

北宋时，杭州工商业颇为发达。自从作为行都后，除民间工商业又有进一步发展外，官府工商业更有所增长。因而城市工商业的经营区域必日益扩展，对城市各个行业的布局也颇有影响。当时官府手工业有军器监所属之军工工业，少府监所属之内府服饰器物工业，将作监所属之土木营造工业以及政府专利的酿酒和制醋业。其中以兵器及酒、醋酿造业的规模最大。这些官府手工业在临安城郊都设有不少作坊，尤以酒、醋作坊分布较广。

临安虽是南宋的政治中心，同时又是这个王朝的经济中心。如何适应城市经济发展的需要，是临安城市建设面临的一个重要问题。

扩建阶段

自绍兴十一年(1141)冬与金人媾和，南宋偏安局势稍趋稳定，行都建设进入了第二阶段。经过近10年的发展，城市经济日趋发达，人口不断增长，原有州城的各项建设与新形势需求之间的矛盾更加突出。和议既成，临安建设也迅速展开。自绍兴十二年至绍兴三十二年，临安城进一步扩建，主要建设活动有两项。

一、皇家建筑

从绍兴十二年(1142)起,先后营建了各种宫观、庙坛、府库、学校、官署以及宗室达官的府邸。至绍兴二十八年(1158),作为行都所必备的宫省郊庙等设施都已大体就绪。绍兴三十二年,更新建了规模庞大的德寿宫,另又于宫城外开辟了一些御园。当时贵戚、王公也纷纷兴建府邸,设置私园。

二、城市建设

(一)扩展城址,修缮城垣

绍兴二十八年(1158),扩展皇城及皇城东南一带外城13丈,计修筑城垣511丈。新筑南门,名“嘉会门”。经过这番扩建,皇城规模已达周回九里。年久失修的旧城垣亦被大加修缮。绍兴三十一年(1161)修缮倒塌城垣100多处,达1800余丈。

(二)增辟道路,改善城市交通

首先是调整城市道路布局。御街是在原来杭城主要街道基础上加以改造而成的全城南北主干道。南起皇城北门——和宁门,经朝天门,北抵城西北之景灵宫,全长13500尺,使用35000多块石板铺成。临安城内道路网便以御街为主干进行了适当的调整。

其次，随着东南城址的扩展，增辟了一条从候潮门经嘉会门直抵郊坛的宽5丈的御路。城内坊巷街道，也随营建增多和防火条件改善，都放宽了路幅。在有些交通要冲处及大建筑物前，还增开了广场。这番调整改革，对改善临安城市交通状况起了积极作用。

（三）发展手工业和市肆，繁荣城市经济

首先，发展手工业。随着手工业生产的发展，各种手工业作坊区也不断向外扩展。除增加官府手工业区，如少府与将作两监所属之各"作"及酿酒作坊外，民间各种手工业作坊发展更为迅速。不仅作坊规模日益扩大，如丝织、印书等；而且还增添了不少新"行""作"的作坊。据《武林旧事》所记，仅饮食及制药的"作"就达12种之多。在这些"作""行"中，以丝织业和印刷业规模最大。

其次，建房廊式店面。房廊为临街道建造的廊式店面。北宋时杭州就有房廊。南渡后，朝廷又继续营建房廊出赁。这种官营房廊出租的办法，孝宗时尚存在，当时尚书汪应辰曾批评孝宗"置房廊与民争利"。

再次，坊巷街市增加。随着交换经济的进一步繁荣，行业组织的不断发展，临安城市又陆续增加了不少的行业街市。各坊巷内的日用品店铺，也随商品生产的增长与人民生活需求的提高而日益增多。特别是御街中段一带出现了城市中心综合商业区，由于增添各种大型店铺及酒楼、瓦子等，致市肆更加繁盛，范围亦不断扩大。临安城市的新型商业网络布局至此已颇具规模。

又次，酒楼、瓦子、茶坊、浴室增多。官府经营的酒楼规模大、陈设华丽。此外，还有私营酒楼，又称“市楼”，规模大的可与官营酒楼相伯仲，其中以武林园为代表。坊巷中的小酒肆更多，几无处不有。

瓦子即演出场所，汴京已有瓦子。南渡后，临安也出现了瓦子，先是专为军旅而设，继之及于民间。临安禁军驻地环列城内外，因此瓦子也遍布城内外。此外，还增添了不少大大小小的茶坊和浴室，为市民提供服务。

最后，置堆垛场、塌房。宋代称货栈为堆垛场或塌房，商贾以之来储存货物。临安自作为行都以来，商品经济愈加繁荣，商贾往来频繁，货物储运量陡增，货栈业也随之发达。在江河要道商品集散的码头都设有堆垛场或塌房。官营的场、房由“楼店务”统一管理。“楼店务”是专门“掌官邸店，计直出僦，及修造缮完”的政府机构。

（四）疏浚河、湖，满足城市水源及航运需求

临安水利至关重要，一为西湖，一为运河。前者关系城市水源，后者为城市航运命脉。绍兴九年（1139），知临安府张澄招置厢军兵士200人，专职撩湖。对“包占种田，沃以粪土，重置于法”，以杜绝侵湖造田和污染湖水的不法行为。绍兴十九年（1149），郡守汤鹏举以西湖秽浊埋塞，招工开撩，并补足撩湖厢军名额，建造寨房船只，专门负责疏浚西湖。

这两次疏浚和此后建立的经常维护制度，对确保西湖水源和城市环境卫生具有积极作用。茅山河及盐桥河是临安城内两条水运最繁忙的运河。绍兴三年（1133）浚治后，绍兴八年、十九年再浚，以维持航运。除疏浚运河外，绍兴三十二年还诏令临安府开淘南城外的龙山河。不过后因营建德寿宫，加之茅山河两岸民居不断侵占河道，使龙山河日渐堙塞，城内水运便以盐桥河为主了。

（五）配合城郊发展，增设城市管理机构

南渡以来，临安人口骤增，原来的州城范围自难容纳，故逐渐向城外市镇发展，市肆也随着繁荣起来。绍兴十一年（1141），郡守俞俟奏称，“府城之外南北相距三十里，人烟繁盛，各比一邑”，说明此时南北城郊的人口之众、市肆之盛，已相当于一个县城了。俞俟因此申请于城外设南北两厢，以便管理。以后郑湜在《城南厢厅避记》也提及，“编户日繁，南厢四十万，视北厢为倍”，从这个户口数字，更足以推见城郊的繁荣盛况。

随着城市不断扩大，为加强城内治安及消防的管理，绍兴二十二年（1152）朝廷又增置35个军巡铺，连同绍兴二年建置的115铺，此时城内外共置有150个军巡铺了。

厢的设置，军巡铺的增多，也可从强化城市管理这一侧面，说明这个过程中临安郊区市镇的发展概貌。通过这一阶段的发展，临安的城市建设已具备了相当规模，也奠定了150多年南宋行都城市发展的基本格局。此后第三个阶段的建设，实不过是在这一格局下加以补充调整而已。

补充调整阶段

这一阶段自孝宗继位(1163)直至南宋灭亡(1279)。这一阶段临安城重要的营建活动主要有四项。

一、宫室建设

这一阶段对宫室的营建多属补充调整性质,并无重大的改变或新的大规模建设。

二、城市建设

这一时期的市政工程,主要有淳熙年间修缮城垣及咸淳年间大修御街,除此之外一般都是日常养护性质的。城市服务性设施仍有增建,其中增加较多的是瓦子和官营酒楼。私营酒肆、茶坊更加发达,不仅种类和数量日益增多,规模也有所扩展。

这一时期增建了一些粮食仓库及水上“塌房”,如孝宗建丰储仓,“于仁和县侧仓桥东”,“成廒百眼”。又置丰储西仓于余杭外,“其廒五十九眼”。理宗淳祐九年(1249)又置佑仓,积贮百二十万担,此后度宗时又建咸淳仓。这些粮仓的建设,提高了临安城市的粮食储备能力。

除朝廷营建粮仓外,这一时期私家大力开展水上塌房经营，“专以假赁市郭间铺席宅舍，及客旅寄藏物货”，构成临安城市所特有的水上仓库区。

三、疏浚河、湖，修筑海塘堤岸

疏浚湖、河及修筑海塘堤岸的工程仍在继续，除多次浚治西湖及城内各河道外，淳熙四年（1177）并修筑海潮所坏的塘岸。淳熙十一年（1184）开浚浙西运河，“自临安府北郭务至镇江江口闸，六百四十一里”。嘉泰二年（1202）再次浚浙西运河。另一项较大的水利工程是理宗淳祐七年（1247）开宦塘河，此河距临安城北35里，南接北新桥、涨桥，北达奉口河。这两条水道对临安城市经济发展关系至巨，尤其浙西运河更是城市经济命脉所系。

四、增置分厢，加强城市管理

绍兴年间曾于城外置南、北厢，继之又一度在城内设左、右厢。随着城市的发展，为加强城市管理，分厢建制也在不断调整。乾道以后，城内已划分为9厢，连同城外的南、北、东、西4厢，城内外共置13厢。因分厢建制有所调整，故城内诸厢所辖坊巷也有所调整。

综观上述南宋行都的建设过程，实质上正是对旧杭州城市的改造过程。虽然改造工作包括政治与经济两项内容，但重点却在经济方面。为了适应建都以来城市经济迅速发展的形势，行都的建设以工商业建设活动比重为大，而且都是直接或间接围绕改革市制这一主题来开展的。此时临安城市结构已呈现出新的面貌，体现了与旧杭州城市迥然不同的结构特征。事实表明，这番改革已逐渐深入到城市建制的革新过程了。

两宋民居的形制与审美意象*

■ 谭刚毅

“以壮丽相夺”的侈靡风尚

达官富族的住宅均是金钉珠户，碧瓦盈檐，四边红粉泥墙，两下雕栏玉砌，如同神仙洞府、王者之宫、“天香国色之楼”。如王黼之家宅府“宏丽壮伟”，周围数里，据载其家正厅以青铜瓦覆盖，后堂起有高楼大阁。徽宗尝亲至王黼私第，目睹其宅“堂阁张设，宝玩山石，侔拟宫禁，喟然叹曰：‘此不快活耶！’”北宋奸相蔡京的府第同样如此，《清波别志》卷下《王黼拥帐》载：“蔡京赐第在都城之东，周围数

* 节选自谭刚毅：《两宋时期的中国民居与居住形态》，东南大学出版社2008年版，第43—47页。原文有改动，编者注。谭刚毅，华中科技大学教授，《新建筑》副主编。主要从事文化遗产保护、近代城市与建筑、传统民居与乡土实践等方面的研究。

十里。”蔡京府第中的一座六鹤堂，高四丈九尺，“人行其下，望之如蚁”。

有钱的富室往往一掷千金，对自己的宅第或居处做各种豪华的装修。如北宋司马光写道：“宗戚贵臣之家，第宅园圃，服食器用，往往穷天下之珍怪，极一时之鲜明。惟意所致，无复分限。以豪华相尚，以俭陋相訾。愈厌常而好新，月异而岁殊。”

此外，在正式住宅外拥有园馆别业的现象，在宋代官僚士大夫中颇为普遍，如曾颖茂于建昌军城南门外有南塘园，而在城东三里龟湖上又有总清园。黄度曾买地于绍兴府城东郭，“凿池筑堂，榜曰遂初，环以名花修竹。深衣幅巾，挟策吟啸，陶然自适”。方信孺居于兴化军城南，“中堂作复阁，扁以诗境，凿田为寿湖，中累海石为山，植荷柳松菊，间着茅亭木栈”。倪思居于湖州城内，而“卜室城东之月河，归自当涂，始辟小园，以逍遥名亭”。而韩世忠、刘光世、杨存中等人不仅在都城内建有豪华住宅，而且在城郊的西湖之侧也都造有园林式的别墅。

范成大除在平江府城内建有住宅外，还在城外十里许的石湖建有别业。高德基《吴中旧事》载：“范文穆公成大，晚岁卜筑于郡之盘门外十里，盖因阖庐所筑越来溪之故基，随地势高下而为亭榭，所植多名花，而梅尤甚。别筑农圃堂，对楞伽山，临石湖，所谓姑苏前后台，相距亦止半里耳……又有北山堂、千岩观、天镜阁、寿乐堂，他亭宇尚多，一时胜士赋咏，无不极铺张之美……登临之胜，甲于东南。”据《齐东野语》载，贾似道家中的花园更是宏大壮丽。

宋代豪宅出现园林化的倾向，不仅“宗戚贵臣之家”如此，豪商巨贾和乡村地主也竞相仿效。如《湖海新闻夷坚续志前集》卷一《仿人做屋》载：“宋丞相崔与之，号菊坡，理宗朝入相。归蜀建造府第，极其壮丽。里有豪商姓李，亦从而仿之，就请崔府造屋匠人，一依崔府，绳墨尺寸不差，造屋一所。”又《夷坚丁志》卷一四《明州老翁》：“明州城外五十里小溪村，有富家翁，造巨宅，凡门廊厅级，皆如官舍”，“鄞邑屋极盛，家家有流水修竹”。

“以豪华相尚，以俭陋相訾”的审美意趣在某些地方成为一种风尚，甚至不论家庭条件。如曾巩认为福州人“以屋宇巨丽相矜，虽下贫必丰其居”。政和七年（1117年），有臣僚言京城中“居室服用以壮丽相夸”。为此，嘉泰（1201—1204）初，统治者“以风俗侈靡，诏官民营建室屋，一遵制度，务从简朴”。欧阳修《寿楼》诗则咏道：“碧瓦照日生青烟。谁家高楼当道边？昨日丁丁斤且斫，今朝朱栏横翠幕。主人起楼何太高，欲夸富力压群豪。”

“筑室宁坚不取华”的实用思想

毕竟能建崇阁别馆的家庭是少数，据《惠州府风俗考（府志）》记载：“惠州建屋等级品官，崇阁树坊。士庶，陶瓦砌览或楼房。乡落多有茅茨土垣者”。与上一种审美情趣截然相反的是“筑室宁坚不取华”，甚至士大夫也如此。

在建筑的使用功能和审美功能上，中国始终把“用”放在第一位。孔子赞美大禹王“恶衣服而致美乎黻冕，卑官室而尽力乎沟恤”，讲的是生产和建设的关系，这里面也隐含着重建筑实用功能的思想。

周辉《清波杂志》卷八说：“大抵前辈治器物、盖屋宇，皆务高大，后渐从狭小。”从上面几段文字可以看出，宋代从整体上讲，崇尚实用，“守坚不取华”，就连宋仁宗也在某种程度上讲究节俭，用的是“素朱漆床”。

“以天地为栋宇”的自然追求

纵然宋代的住屋“渐从狭小”，讲究实用，但宋人非常注重家居环境。《宣和遗事》前集载宋徽宗微服私访时，“见一座宅，粉墙鸳瓦，朱户兽环，飞帘映绿郁郁的高槐，绣户对着青森森儿瘦竹”，“转曲曲回廊，深深院子；红袖调筝于屋侧，青衣演舞于中庭，竹院、松亭、药栏、花槛”。

宋人对环境的追求，对山水的喜爱在诗词绘画中表露无遗。

郭熙在论述时人“贵夫画山水之本意”的原因也表明了人们对山水环境的喜爱，“君子之所以爱夫山水者，其旨安在？丘园养素，所常处也。泉石啸傲，所常乐也。渔樵隐逸，所常适也。猿鸿飞鸣，所常观也。尘器缰锁，此人情所常厌也。烟霞仙圣，此人情所常愿而不得见也。直以太平盛日，君亲之心两隆，苟洁一身出处，节义斯系。岂仁人高蹈远引，为离世绝俗之行，而必与箕颖埒索黄绮同芳哉。白驹之诗、紫芝之咏，皆不得已而长往者也。”

苏辙《龙川略志》记载李昊的养生之道，曰：“人禀五行以生，与天地均，五行之运于天地无穷，而人寿不过百岁者，人自害之耳。人生而知物我之辨，内其在我，而外其在物，物我之情，不忘于心。我与物为二，则其所受五行之气，判然与五行之大分不通，因其所受之厚薄，各尽其所有而止，故或寿或夭，无足怪也。今诚忘物我之异，使此身与天地相通，如五行之气中外流注不竭，人安有不长生者哉！”

《世说新语》中曾记载刘伶放达，裸形坐屋中，客有问之者，答曰：“我以天地为栋宇，屋室为裈衣，诸君何为入我裈中？”这个回答，似觉诡辩无礼，但“以天地为栋宇”一语却正道出了中国人的自然观的重要一面。其实中国的“宇宙”一词同样透露了这个意思：“宙”是时间，“宇”字原意就是屋宇，代表空间。空间和时间的无限，即为宇宙。无限之宇，当即以天地为庐。

歌德曾经称赞中国人“和大自然是生活在一起的”。自然和人直接交流，融合相亲。古人对自然的关怀，常常视大自然和周围的景象为自己家居的一部分。如宋王安石为金陵邻居而作的《书湖阴先生壁》：“一水护田将绿绕，两山排闼送青来。”中国建筑把自然纳入其中，人生活在建筑中，这里“建筑”既指实在的屋宇，也包括“以天地为栋宇”的自然。

“人凶非宅凶”的吉凶标准

风水对人们的居住行为和审美观念产生影响。在敦煌本宅经中有关于移徙往来与屋宅方位等的吉凶判断，主要讲求阴阳合德、阴阳均衡，福德刑祸四方与二十四方位的吉凶判断均是建立在这一标准之上。

古人也常将有一些怪异现象的居室认为是凶宅，如周辉《清波杂志校注》中的记载《凶宅》等。

尽管风水观念和一些吉凶标准的影响由来已久，但也有“不谙此道”的。“人凶非宅凶”，古有是语。《白氏长庆集》卷一《凶宅诗》：“寄语家与国，人凶非宅凶。”大兴土木常常被认为是家国衰败的肇始。

“相形不如论心”的道德修省

中国古人喜欢将生活中的物质实体与思想意识、道德修养等联系起来。常常讲究物以载道，赋予一些植物以崇高的品格或吉祥的意义，用以自喻，修省退悔或降凶取吉。这些植物通常是松、竹、梅、桃等。

居住与载道的关系最有名的要数“一屋不扫何以扫天下”了。居家与修行在古人看来是可以相提并论的。

家宅是传嗣子女的重要财产，而传给子女田宅与传给子女贤德“孰为少多”？

此外，诸如轩、斋、堂、居等家屋或书房的雅号反映了主人的志趣，也反映出府第不同于一般宅居的审美意趣，之所谓“扁榜明志”。

两宋时期建筑物的扁榜风俗有所变化。北宋时“立扁榜，必系以亭堂斋阁之名”，但至南宋，书扁则略去“亭”“堂”“斋”“阁”字样。如周必大《二老堂杂志》卷四《亭堂单用二字》云：“凡亭堂台榭，牌额单用所立之名而不书‘亭’‘堂’之类，始于湖上僧舍。中官流入禁中，往往效之。今无间贤愚例从之矣。设若一字为名，‘怡亭’‘快阁’之类，又当如何也？”周辉《清波杂志》卷二《扁榜》曰：“旧立扁榜，必系以亭堂斋阁之名，今或略去。尝见黄冈所圳《东坡墨迹》，一帖云：‘新居在大江上，风云百变，足娱老人。’有一书斋名‘思无邪斋’。若欲省文，去下一‘斋’字，何不可者。盖亦随时所尚尔。”魏了翁《鹤山大全集》卷三四《答袁衢州》书云：“委作‘静寿’字，更当增一

‘堂’字方当稳实。盖去‘堂’字特数十年间事耳。”

司马光的《独乐园记》是上述审美情趣的一个集中体现。该“记”是他对自己宅居花园的描述，较为详细地记述了该园的构想和总体布局，从总体布局到单体建筑无不浸润着作者的情感与巧思。独乐园虽然很卑小，细观其园，矮台、小屋、结竹、造景甚是简陋，不能与同时代其他洛阳园林相比，但十分贴近生活，接近自然，给人以质朴清新之感。而“独乐园”则反映出当时他下野离朝与社会的抵触，他欲建造一个属于自己的小天地，淡泊明志，“独”享其乐以避世俗。通过《独乐园记》可以看出自称“迂叟”的司马光尚学俭朴，热爱自然，作风严谨，在对宅居的建设和生活品质追求上亦是如此。

爱读书
读好书
善读书

风物

宋六陵

宋六陵位于绍兴市富盛镇攒宫山，有高宗、孝宗、光宗、宁宗、理宗、度宗等南宋六帝陵寝，故称宋六陵。此外，还有北宋徽宗陵、哲宗后陵、徽宗后陵、高宗后陵。占地2.25平方千米，为江南最大的皇陵区。每座陵寝均设上下宫，功能齐备，结构完善。由于宋六陵在元代遭到毁灭性的盗掘，目前所能见到的关于南宋诸陵位次的最早图像资料是清代康熙《会稽县志》中所附的《宋六陵图》。图中显示南宋诸陵分为南北两区，南区新妇尖之正北为孝宗陵，其西南为高宗陵，其东南为光宗陵，东北为宁宗陵；北区雾连山下正南为理宗陵，其西为度宗陵。明朝初年，朱元璋重新立碑植树，并加以祭祀。20世纪50年代，六陵中只有孝宗陵、理宗陵，尚存享殿三间，缭以周垣，其余仅存墓冢、墓碑、祭桌。20世纪60年代，墓冢被铲平，墓碑、祭桌被移作他用。现陵区尚有部分墓冢石及作为六陵标志的200余棵古松，陵区环境依然保持当年风貌。

宁波保国寺

保国寺位于浙江宁波市江北区洪塘镇的灵山之麓，保国寺并不是以其宗教寺庙闻名于世，而是因为精湛绝伦的建筑工艺令人叹为观止。保国寺最初由山门、天王殿等建筑组成。大雄宝殿重建于北宋大中祥符六年（1013），是长江以南最古老、保存最完整的木结构佛教建筑，其结构独特，气势恢宏。建筑特点鲜明：厅堂式构架体系，平面布局呈正长方形，进深大于面阔；斗栱结构复杂，用材断面高宽比为3∶2，达到最高出材率和最强受力效果；以小拼大的四段合瓜棱柱为中国最早的实例，柱身有明显的侧脚，既省材又牢固美观，为现存古代木构建筑中所少见；阑额两肩有卷杀，额下采用了蝉肚绰幕构件，额枋上有七朱八白彩绘。这些独特的设计使得大殿结构极为科学，除了通过保持空气流通而让殿内不结蛛网，不积灰尘，长年保持清洁之外，还使整个大殿没使用一枚铁钉，仅靠斗栱之间的巧妙衔接和精确的榫卯技术，就将各个构件牢固地结合在一起，承托起整个殿堂屋顶50余吨的重量。这些都接近或吻合于宋《营造法式》，承袭某些唐代建筑遗风，为研究宋代建筑提供了宝贵的实物例证。

绍兴八字桥

八字桥始建于南宋嘉泰年间(1201—1204),于南宋宝祐四年(1256)重建,由4.85米长的石条砌成。桥东西长27米,桥高5米,跨度达4.5米,桥面宽3.2米。两桥相对而斜,状如八字,故得名。

八字桥陆连三路,水通南北,南承鉴湖之水,北达杭州古运河,为古代越城的主要水道之一。这里位处三街三河四路的交叉点,桥呈东西向,为石壁石柱墩式石梁桥,三向四面落坡,其中二落坡下再设二桥洞,解决了复杂的交通问题。落坡结构特殊:八字桥有适应三街三河交叉的复杂环境要求的四向落坡设计。桥东为南、北落坡,成八字形。桥西为西、南落坡,成八字形。桥二端的南向二落坡也成八字形。桥中有桥的结构特殊:八字桥南向二落坡下各有一桥洞,二桥坡成了二小桥。“二桥相对成八字”是指主桥和一边桥坡小桥与另一边的桥坡小桥相对成八字。八字桥设计特点是顺应绍兴城内已有的街道、房屋等布局，善用地形，不拆房，不改街，既能解决交通问题，又不会对城内大兴土木。

八字桥是绍兴历史文化的象征之一，被称为中国古代“立交桥”。八字桥的选址与布局，反映了绍兴当时该地区人口稠密的居住环境和经济活动频繁的程度。八字桥结构简洁、建筑稳固，体现了南宋绍兴地区建桥技术的成熟，是研究宋代桥梁建筑技术和中国桥梁史的重要实物例证。

义乌古月桥

宋代单孔石拱桥，位于浙江省义乌市赤岸镇雅治街西侧100米，横跨龙溪。建于宋嘉定六年(1213)。古月桥采用单拱纵联分节列砌置法建造，桥拱呈五边形。该桥全长31.2米，净跨15米，桥面宽4.5米，两侧引桥各长8.1米，矢高4.15米，坡度30度。桥身分三层叠砌，底层用条石块直砌，共五折，呈五边形。每节用六块长2.8米、厚0.55米、宽0.3米的石条直砌，条石之间距离0.55米，搭接处用长4.75米、高0.58米、宽0.3米的横锁石承接。全桥共用30根条石、4根横锁石。中间层为条石横砌，规格不一，桥面以沙泥和方石铺成，桥面两侧设有宽0.5米、高0.4米的压栏石。桥侧面中部横石匾上刻有“皇宋嘉定癸酉季秋闰月建造”字样，为该桥建造年代无疑。此桥虽经几百年风雨侵蚀，石质风化严重，但仍保持其古朴风貌与别致造型。其石拱形式与《清明上河图》中的虹桥相类似，是浙江省现存最早的肋拱石桥,是研究我国古代石拱桥的重要实物资料,具有很高的历史、科学价值。

后　记

《“三读”丛书·开卷有益》由中共浙江省委宣传部组织编撰，理论处具体负责。书中疏漏不足之处，敬请提出批评意见。

编　者

2021年12月

敬 启

为了编好这套《"三读"丛书·开卷有益》,编者遴选了不少专家学者和作家的精彩文章。图书出版前,浙江人民出版社积极与作者联系,并得到了他们的热情支持。在此,我们表示衷心的感谢!但由于条件所限,还有少数作者无法取得联系。现丛书已出版,凡拥有著作权的作者一经在书中发现自己的作品,即请联系我们。我们已将录用作品的稿酬保存起来,随时恭候各位作者来领取。

通信地址:浙江省杭州市体育场路347号
浙江人民出版社总编室
邮政编码:310006
联系电话:(0571)85102830

浙江人民出版社

图书在版编目（CIP）数据

开卷有益．宋韵文化之建筑 / 中共浙江省委宣传部编．—杭州 ：浙江人民出版社，2021.12

（“三读”丛书）

ISBN 978-7-213-10422-0

Ⅰ．①开… Ⅱ．①中… Ⅲ．①干部教育-中国-学习参考资料②建筑史-中国-宋代 Ⅳ．①D630.3②TU-092.44

中国版本图书馆CIP数据核字(2021)第255346号

“三读”丛书

开卷有益·宋韵文化之建筑

中共浙江省委宣传部 编

出版发行：浙江人民出版社(杭州市体育场路347号 邮编 310006)

市场部电话：(0571)85061682 85176516

责任编辑：高辰旭

责任校对：陈 春

责任印务：陈 峰

封面设计：厉 琳

电脑制版：杭州天一图文制作有限公司

印 刷：杭州杭新印务有限公司

开 本：787毫米×1092毫米 1/32 印 张：3.75

字 数：50千字 插 页：2

版 次：2021年12月第1版 印 次：2021年12月第1次印刷

书 号：ISBN 978-7-213-10422-0

定 价：12.50元
